www.ingramcontent.com/pod-product-compliance
Lightning Source LLC
LaVergne TN
LVHW010608070526
838199LV00063BA/5113
* 9 7 8 9 3 5 8 7 2 6 8 7 9 *

خفیہ خزانے کا راز

(بچوں کا ناول)

مصنف:

اے۔ حمید

© A. Hameed

Khufiya Khazane ka Raaz *(Kids Novel)*

by: A. Hameed
Edition: May '2024
Publisher :
Taemeer Publications LLC (Michigan, USA / Hyderabad, India)

ISBN 978-93-5872-687-9

مصنف یا ناشر کی پیشگی اجازت کے بغیر اس کتاب کا کوئی بھی حصہ کسی بھی شکل میں بشمول ویب سائٹ پر اَپ لوڈنگ کے لیے استعمال نہ کیا جائے۔ نیز اس کتاب پر کسی بھی قسم کے تنازع کو نمٹانے کا اختیار صرف حیدرآباد (تلنگانہ) کی عدلیہ کو ہو گا۔

© اے۔ حمید

کتاب	:	**خفیہ خزانے کا راز** (بچوں کا ناول)
مصنف	:	**اے۔ حمید**
صنف	:	ادب اطفال
ناشر	:	تعمیر پبلی کیشنز (حیدرآباد، انڈیا)
سالِ اشاعت	:	۲۰۲۴ء
صفحات	:	۷۲
سرورق ڈیزائن	:	تعمیر ویب ڈیزائن

(بچوں کا ناول) اے۔ حمید

فہرست

شیخ ابن سینا کے شہر میں	۵
پوشالی غائب ہوگئی	۲۴
خفیہ خزانے کا راز	۴۰
زندہ مُردوں کی بستی	۵۶

پیش لفظ

یہ دَور سائنس کا دَور ہے۔ سائنس کی ترقی نے انسان کی زندگی کا انداز بدل دیا ہے۔ اس کو بڑی سہولتیں پہنچائی ہیں۔ سائنس کی ترقی کی بدولت انسان چاند پر بھی پہنچ چکا ہے اور اب دوسرے سیاروں کو فتح کرنے والا ہے۔

سائنس کی یہ ترقی انسان کی صدیوں کی کوششوں اور اللہ کی دی ہوئی ذہنی صلاحیتوں کے استعمال کا نتیجہ ہے۔ اللہ نے انسان کو دماغ اس لیے دیا ہے کہ وہ اس کو استعمال کر کے زمین اور آسمان کی قوتوں کو فتح کرے اور ان کو اپنے کام میں لائے۔ اس لیے مسلمانوں نے اپنے عروج کے زمانے میں سائنس کو عروج پر پہنچایا۔ آج سائنس نے جتنی ترقی کی ہے اس کی بنیاد دراصل مسلمانوں نے ہی ڈالی تھی۔ یقیناً آج ہم سائنس میں پیچھے ہیں لیکن ہم آگے بڑھ سکتے ہیں اور ہمیں بڑھنا چاہیے اور جس طرح ہمارے بزرگوں نے عظیم سائنسی کارنامے انجام دیے تھے اسی طرح ہمیں بھی سائنس میں مہارت پیدا کر کے دُنیا میں اعلا مقام حاصل کرنا چاہیے۔

حکیم محمد سعید

شیخ ابن سینا کے شہر میں

ناگن لڑکی پوشالی شہزاد کے ساتھ تھی۔

بارہ دری سے اتر کر شہزاد اس جگہ رُک گیا جہاں نیچے پُراسرار باؤلی کو سیڑھیاں جاتی تھیں۔ اس جگہ سے نکل کر ساجی آدھی رات کے بعد شہزاد کو ماضی کے سفر پر لے جاتا اور مشاہیر اسلام اور نامور مسلمان طبیبوں اور سائنس دانوں سے اس کی ملاقات کراتا تھا۔ شہزاد نے سوچا کہ وہ ناگن لڑکی کو اپنے ساتھ گھر نہیں لے جاسکتا۔ باؤلی کی سیڑھیاں دیکھ کر اسے خیال آیا کہ ایک دن کی تو بات ہے کیوں نہ ناگن لڑکی باؤلی میں دن گزار لے۔ رات کو جب ساجی اس سے لینے آئے گا تو وہ ناگن لڑکی کو بھی اپنے ہمراہ ماضی کے زمانے میں لے جائیں گے۔

ناگن لڑکی دور نظر آنے والی شہر کی جھلملاتی روشنیوں کو حیرت سے تک رہی تھی۔ کہنے لگی:

"شہزاد! تمہارے شہر میں کس قدر روشنیاں ہیں۔ یہ کون سا زمانہ ہے؟ کون سی صدی ہے؟ لگتا ہے میں بہت آگے کے زمانے میں آگئی ہوں۔"

شہزاد نے جواب میں کہا:

"پوشالی بہن! ہم دسویں صدی سے نکل کر بیسویں صدی عیسوی کے زمانے میں آگئے ہیں۔ یہ ۱۹۹۳ء کا پاکستان ہے جو ایک اسلامی ملک ہے اور یہ پاکستان کے خوب صورت جدید شہر کراچی کی روشنیاں ہیں۔ یہ بجلی کے ذریعہ سے روشن ہیں۔"

"بجلی کیا ہوتی ہے؟" ناگن لڑکی نے تعجب سے سوال کیا۔

شہزاد بولا' "یہ سب کچھ تمھیں بعد میں بتادوں گا۔ اس وقت تم ایسا کرو کہ یہ رات اور کل کا دن نیچے باؤلی میں گزار دو۔ کل آدھی رات کے بعد میں یہاں آؤں گا۔ سانچی بھی یہاں پر آجائے گا۔ پھر ہم اکٹھے پرانے زمانے کی طرف کوچ کر جائیں گے۔"

ناگن لڑکی نے مسکرا کر کہا:

"اس کی کیا ضرورت ہے شہزاد! تم شاید بھول گئے ہو کہ میں انسان سے چھوٹا سا سانپ بھی بن سکتی ہوں۔ پھر تم مجھے آسانی سے اپنے گھر لے جاسکتے ہو۔ کسی کو پتا بھی نہیں چلے گا۔"

اس کا شہزاد کو خیال ہی نہیں آیا تھا کہ پوشالی سانپ بھی بن سکتی ہے۔ کہنے لگا: "ٹھیک ہے پوشالی! تم سانپ بن کر میرے ساتھ ہی رات گزار دینا۔"

پوشالی بولی "میں بھی یہی چاہتی ہوں۔ میں سانپ بننے لگی ہوں۔ زمین پر جہاں میں کھڑی ہوں نگاہ رکھنا۔"

اتنا کہہ کر پوشالی نے منہ سے ہلکی سی پھنکار نکالی اور دوسرے لمحے جہاں وہ کھڑی تھی وہاں ایک چھوٹا سا سانپ کنڈلی مارے بیٹھا تھا۔ شہزاد نے

اسے اٹھایا اور جیب میں رکھ لیا۔ وہ اپنے گھر کی طرف چل پڑا۔ یہ پہلی بار ہوا تھا کہ وہ اپنی دنیا میں خواب کی حالت میں واپس نہیں آیا تھا بلکہ جاگ رہا تھا۔ شہزاد کی کوٹھی وہاں سے زیادہ دور نہیں تھی۔ رات کافی گزر چکی تھی۔ شہزاد اپنی کوٹھی کے پیچھے آیا اور جنگلا پھلانگ کر باغ میں سے گزرتا ہوا اپنے کمرے کے باتھ روم کی کھڑکی میں سے کمرے میں داخل ہو گیا۔

اس کا بستر اسی طرح لگا تھا۔ کمرے میں اندھیرا تھا۔ کھلی کھڑکی میں سے ستاروں کی دھیمی دھیمی چمک اندر آ رہی تھی۔ اس نے جیب سے پوشالی کو نکالا اور آہستہ سے کہا:

"پوشالی! اگر تم میری آواز سن رہی ہو تو یاد رکھو کہ جہاں میں تمہیں چھپا رہا ہوں وہاں سے ہرگز باہر نہ نکلنا۔ میں کل آدمی رات کو تمہیں خود نکال کر باؤلی کی طرف لے چلوں گا۔"

شہزاد نے اپنی الماری کے نچلے خانے میں کتابوں کے پیچھے پوشالی سانپ کو چھپا دیا۔ پھر دوسری طرف سانچی کا تعویذ رکھا اور الماری بند کر کے تالا لگا دیا۔ اس کے بعد وہ اپنے پلنگ پر لیٹ کر سونے کی کوشش کرنے لگا۔ وہ بے حد تھکا ہوا تھا بہت جلد وہ گہری نیند میں کھو گیا۔ صبح اذان کے ساتھ اس کی آنکھ کھل گئی۔ اس نے اپنے امی ابو کے ساتھ نماز پڑھی۔ پھر ناشتا کیا اور اپنے کمرے میں کالج کی کتابیں لینے آیا۔ الماری کھولی' پوشالی سانپ کی شکل میں اسی طرح کتابوں کے پیچھے لپٹی لپٹائی پڑی تھی۔

شہزاد نے کہا:

"پوشالی بہن! گھبرانا مت۔ دن نکل آیا ہے۔ میں اب رات کو تمہیں

لینے آؤں گا۔"

پوشالی کی دھیمی سی آواز آئی:

"شہزاد! کیا تم اپنے ساتھ مجھے شہر کی سیر نہیں کراؤ گے؟"

شہزاد نے کہا "نہیں نہیں پوشالی۔ اس طرح سے کئی مسئلے پیدا ہوجائیں گے۔ پھر کسی روز میرے ساتھ آجانا تب تمھیں سیر بھی کرادوں گا۔ اب میں کالج جارہا ہوں۔"

"وہ کیا ہوتا ہے؟" پوشالی نے پوچھا۔

شہزاد بولا "کالج وہ جگہ ہوتی ہے جہاں طالب علم درس لیتے ہیں، تعلیم حاصل کرتے ہیں۔ اب میں جاتا ہوں۔ سانچی کا تعویذ بھی تمھارے پاس ہی پڑا ہے۔ اس کا خیال رکھنا۔"

شہزاد نے کتابیں نکالیں، الماری کو تالا لگایا اور کالج روانہ ہوگیا۔ وہ دل میں سوچنے لگا کہ نہ جانے آج کی رات کس عظیم مسلمان سائنس داں کی زیارت ہوگی۔ یونہی اس کے دل میں خیال آیا کہ آج رات اگر دنیا کے مشہور مسلمان طبیب اور فلسفہ داں ابن سینا سے ملاقات کی عزت حاصل ہوجائے تو مزہ آجائے۔

کالج میں اپنی عادت کے مطابق اس نے کسی سے اپنی ماضی کے سفر اور البیرونی سے ملاقات کا کوئی ذکر نہ کیا۔ سانچی نے اسے خاص طور پر ایسا کرنے سے منع کررکھا تھا۔ اس کے کالج کی لائبریری میں البیرونی کی ایک پنسل سے بنائی ہوئی تصویر لگی تھی۔ شہزاد اسے غور سے دیکھنے لگا۔ اس نامور مسلمان جغرافیہ داں اور طبیب کی اصل شکل اور تصویر میں بہت فرق تھا۔

شہزاد مسکرایا اور دوسری طرف چلا گیا۔ دوپہر کے بعد وہ گھر آیا۔ اس نے کتابیں الماری میں رکھیں اور پوشالی سے کہا:

"پوشالی بہن! تمہیں بھوک لگی ہوگی۔ میں تمہارے لیے دودھ لاتا ہوں۔"

شہزاد دودھ کی پیالی لے جانے لگا تو اس کی امی نے پوچھا:

"یہ دودھ کس کے لیے لے جارہے ہو شہزاد؟"

شہزاد نے کہا "امی! میرے کمرے میں بلی کا بچہ آگیا ہے۔ بے چارہ بڑا بھوکا ہے۔ اسی کے لیے لے جارہا ہوں۔"

شہزاد دودھ لے کر اپنے کمرے میں آگیا۔ دروازے کو چٹخنی لگائی اور پوشالی کے آگے پیالی رکھ دی۔ پوشالی نے جی بھر کے دودھ پیا۔ ساری پیالی خالی کردی اور شہزاد کا شکریہ ادا کیا۔ شہزاد بولا:

"پوشالی بہن! اب میں رات کو آؤں گا۔"

عشاء کی نماز پڑھنے کے بعد شہزاد نے امی ابو کو شب بخیر کہا اور اپنے کمرے میں آگیا' الماری میں سے سانچی کا تعویذ نکال کر گلے میں ڈالا۔ پوشالی کو ایک بار پھر تسلی دی' ٹیبل لیمپ بجھادیا اور سوگیا۔ ٹھیک آدھی رات کے بعد خود بہ خود اس کی آنکھ کھل گئی۔ وہ سمجھا کہ شاید میں خواب دیکھ رہا ہوں' مگر ایسی بات نہیں تھی۔ اس نے بستر سے اٹھ کر چیزوں کو ہاتھ لگا کے دیکھا وہ خواب میں نہیں بلکہ جاگتی حالت میں تھا۔ وہ کچھ گھبرایا کہ اللہ جانے جاگتی حالت میں سانچی اسے لینے آئے گا یا نہیں کیونکہ اس سے پہلے وہ ہمیشہ خواب کی حالت میں سانچی کے ساتھ جایا کرتا تھا۔

خفیہ خزانے کا راز

اس نے الماری کھولی۔ تعویذ نکال کر گلے میں پہنا پھر پوشالی سانپ کو اٹھا کر ہتھیلی پر رکھا اور کہا:

"پوشالی بہن! ہم باؤلی کی طرف جا رہے ہیں۔ سانچی مجھے لینے وہیں آئے گا۔"

پوشالی کو جیب میں ڈال کر شہزاد اپنے باتھ روم کی کھڑکی میں سے باغ میں اتر گیا۔ رات خنک اور خاموش تھی، ستارے جھلملا رہے تھے۔ وہ جنگلا پھلانگ کر باؤلی کی طرف جاتی سڑک پر چل پڑا، اس کے دل میں بار بار یہ خیال آرہا تھا کہ پتا نہیں سانچی اسے لینے آئے گا یا نہیں، کیونکہ وہ آج پہلی بار خواب کی حالت میں نہیں تھا۔

آخر وہ باؤلی پہنچ گیا۔ وہاں پر رات کی طرح سناٹا چھایا ہوا تھا۔ بارہ دری اندھیرے میں ڈوبی تھی۔ وہ باؤلی کی طرف اترتے زینے کو تکنے لگا۔ پھر اس نے اللہ کو یاد کیا اور بارہ دری کے قریب آکر تعویذ پر ہاتھ رکھ کر تین بار سانچی کو پکارا، مگر سانچی نہ آیا۔ اس کا دل ڈوب گیا۔ سانچی نہیں آئے گا۔ اب شاید وہ کبھی عظیم مسلمان سائنس دانوں کی زیارت نہ کر سکے گا۔ اس نے دل میں کلمہ شریف پڑھا اور ایک بار پھر سانچی کو آواز دی۔ اس کے ساتھ ہی باؤلی کے اندھیرے زینے میں سے ہوا کا ایک تیز جھکڑ آیا اور اوپر کو چلا گیا۔ شہزاد پیچھے ہٹ گیا۔ دوسرے لمحے سانچی اس کے سامنے کھڑا مسکرا رہا تھا اسے مسکراتا دیکھ کر شہزاد کی جان میں جان آگئی۔

"اللہ کا شکر ہے کہ تم آگئے سانچی! میرے دوست! میں تو یہی سمجھ رہا تھا کہ جاگتی حالت میں شاید تم مجھے لینے نہ آؤ۔"

خفیہ خزانے کا راز

سانچی بولا "نہیں۔ اب میں تمہیں جاگتی حالت میں ہی لینے آیا کروں گا۔ اس سے کوئی فرق نہیں پڑے گا۔ تم ماضی میں چاہے دو سال بھی گزار کر واپس اپنی دنیا میں آؤ گے تو یہاں وہی وقت ہو گا جو تم چھوڑ کر گئے ہو گے، مگر تمہاری جیب میں پوشالی بھی ہے۔ مجھے اس کی خوشبو آ رہی ہے۔"

شہزاد نے پوشالی کو جیب سے نکال کر ہتھیلی پر بٹھا لیا۔ وہ چھوٹے سانپ کی شکل میں تھی۔ اس نے دھیمی آواز میں سانچی سے کہا:

"سانچی! میں نے غلطی سے شہزاد کا ہاتھ پکڑ لیا تھا اور میں بھی اس کے ساتھ یہاں بیسویں صدی میں آگئی۔"

سانچی بولا "گھبراؤ نہیں۔ اب تم بھی ہمارے ساتھ ہی گیارہویں صدی عیسوی کے اصفہان شہر میں جاؤ گی۔"

شہزاد نے پوچھا:

"کیا ہم اصفہان جا رہے ہیں؟"

"ہاں۔" سانچی نے جواب دیا "شہزاد آج کے سفر میں تمہاری ملاقات دنیائے اسلام بلکہ ساری دنیا کے مشہور اور قابل ترین مسلمان حکیم فلسفی اور طبیب اعظم ابن سینا سے ہو گی۔"

شہزاد تو خوشی سے اُچھل پڑا:

"سچ سانچی؟"

"ہاں شہزاد، اب میرا ہاتھ اپنے ہاتھ میں لے لو۔"

شہزاد نے سانچی کا ہاتھ تھام لیا۔ سانچی نے کہا "آنکھیں بند کر لو۔ پوشالی کو جیب میں رکھ لو۔" شہزاد نے ایسا ہی کیا۔ سانچی نے اپنے حلق سے

(بچوں کا ناول) اے۔ حمید

خفیہ خزانے کا راز

ایک خاص آواز نکالی اور شہزاد کے پانو ایک ہلکے سے جھٹکے کے ساتھ زمین سے اوپر اٹھ گئے اور وہ ہوا میں اڑنے لگا۔ اس کا رخ شمال مغرب کی طرف تھا۔ اسے کچھ معلوم نہیں کہ وہ کب تک فضا میں پرواز کرتا رہا۔ جب اس کے پانو زمین پر لگے تو ساگی کے کہنے پر اس نے اپنی آنکھیں کھول دیں۔ اسے جو چیز سب سے پہلے دکھائی دی وہ گول سفید گنبد اور اونچے میناروں والی ایک عالی شان مسجد تھی جس میں سے اذان کی آواز بلند ہو رہی تھی۔ ساگی اس کے پاس موجود تھا۔ شہزاد نے چاروں طرف نگاہ ڈالی۔ پو پھٹنے والی تھی باغ میں سرو کے درختوں کی قطاریں کھڑی تھیں۔ شہزاد نے پوچھا:

"ہم کس ملک میں آگئے ہیں ساگی؟"

ساگی نے کہا "ہم ۱۰۰۱ء کے اصفہان شہر میں ہیں۔ شہزاد ابھی ابن سینا اس شہر میں تشریف نہیں لائے' ابھی وہ جرجان میں خوارزم شاہ کے دربار میں ہیں' وہاں سے وہ "رے" جائیں گے اور پھر وہاں سے ہمدان اور ہمدان سے یہاں اصفہان آجائیں گے' ہم اسی شہر میں اس عظیم مسلمان فلسفی اور طبیب اعظم کا انتظار کریں گے' چلو سب سے پہلے مسجد میں چل کر نماز پڑھتے ہیں۔"

شہزاد نے جیب میں ہاتھ ڈالا کہ دیکھے پوشالی ناگن جیب میں ہی ہے' مگر اس کی جیب خالی تھی۔ اس نے ساگی کو بتایا کہ پوشالی راستے میں کہیں غائب ہو گئی ہے۔ ساگی مسکرایا اور بولا:

"قدرت کو جب منظور ہوا وہ ہم سے آن ملے گی۔"

پہلے کی طرح اب بھی ساگی اور شہزاد کا لباس گیارہویں صدی عیسوی

کے ایرانی مسلمانوں جیسا ہو چکا تھا۔ مسجد بڑی کشادہ اور باوقار تھی۔ صحن کے بیچ میں حوض بنا تھا جہاں نمازی وضو کر رہے تھے۔ لوگ سیاہ اور سفید چغوں میں ملبوس، سروں پر عمامے باندھے نماز کے لیے صفیں بنا رہے تھے۔ سانچی اور شہزاد بھی صف میں جا کر کھڑے ہو گئے۔

انھوں نے باجماعت نماز ادا کی۔ پھر دعا مانگی اور دوسرے نمازیوں کے ساتھ مسجد سے باہر آگئے۔ شہزاد نے سانچی سے پوچھا کہ ہم کہاں ٹھیریں گے۔ سانچی بولا:

"اس کی تم فکر نہ کرو۔ ہم کسی سرائے میں ہی ٹھیریں گے اور سرائے والا ہم سے کرایہ وصول نہیں کرے گا۔ وہ ہماری آؤ بھگت بھی کرے گا۔"

اور ایسا ہی ہوا۔ سانچی نے ایک سرائے والے کو اتنا متاثر کیا کہ اس نے دونوں دوستوں کو اپنے ہاں مہمان ٹھیرالیا۔ وہ سرائے میں رہ گئے اور شیخ ابن سینا کا انتظار کرنے لگے۔

پیارے دوستو! اب ہم کچھ سال پیچھے نامور مسلمان سائنس داں اور حکیم و طبیب اور عالم شیخ بوعلی ابن سینا کی طرف چلتے ہیں اور ان کا کچھ تھوڑا سا حال بیان کرتے ہیں۔ بوعلی سینا ۹۸۰ء عیسوی میں بخارا کے قریب افشہ کے مقام پر پیدا ہوئے، چھے برس کی عمر میں وہ اپنے والد کے ہمراہ بخارا آگئے۔ دس سال کی عمر میں انھوں نے قرآن پاک حفظ کرلیا۔ اس کے بعد ادب کی تعلیم حاصل کی اور پھر حساب اور فلسفہ پڑھا اسی زمانے میں فلسفہ، علم ہندسہ یعنی جیومیٹری اور فلکیات کے ایک مشہور عالم عبداللہ الناتلی بخارا

آئے۔ ابن سینا نے ان کے مضامین پڑھنے شروع کیے اور ان کے شاگرد ہوگئے اس دوران ابن سینا نے طب کا مطالعہ شروع کیا اور مریضوں کے علاج اور تجربوں کے ذریعہ سے جلد ہی اس میں بڑی مہارت حاصل کرلی۔ ابن سینا کی عمر سولہ سترہ برس کی ہوگی کہ بخارا کا بادشاہ نوح بن منصور بیمار ہوگیا اس کی حالت اتنی خراب ہوگئی کہ طبیبوں نے جواب دے دیا۔

نوح بن منصور شاہی خواب گاہ میں بستر علالت پر نیم بے ہوشی کی حالت میں پڑا تھا۔ شاہی طبیب پریشان کھڑے تھے۔ وہ سارے علاج کرکے دیکھ چکے تھے۔ انھوں نے تمام نسخے آزمالیے تھے مگر بادشاہ کو ذرا بھی افاقہ نہ ہوا تھا اور مرض بڑھتا ہی چلا گیا تھا۔ ملکہ بادشاہ کے سرہانے پریشانی کے عالم میں بیٹھی ہاتھ اٹھا کر اللہ سے دعا مانگ رہی تھیں۔

اتنے میں وزیراعظم نے حاضر ہوکر عرض کی:

"ملکہ عالیہ! خادم کچھ عرض کرنا چاہتا ہے۔"

ملکہ عالیہ نے دعا مانگنے کے بعد افسردہ آنکھوں سے وزیراعظم کی طرف دیکھا۔ وزیر نے عرض کی:

"ملکہ عالیہ! شہر میں صرف ایک طبیب ایسا رہ گیا ہے جس کو بادشاہ سلامت کے علاج کا موقع نہیں دیا گیا۔ اگر اجازت ہو تو اسے طلب کیا جائے۔ کیا خبر اللہ تعالیٰ اس کے سبب ہمارے بادشاہ سلامت کو شفا عطا کردے۔"

ملکہ نے پوچھا "وہ کون طبیب ہے؟ اس کا نام کیا ہے؟"

وزیراعظم نے عرض کی کہ اس کا نام شیخ ابن سینا ہے۔ اس پر شاہی

حکیم کی پیشانی پر بل پڑے گئے۔ اس نے ہونٹوں کو سکیڑتے ہوئے کہا:

"ملکہ عالیہ! ابن سینا ابھی نوجوان ہے اور اسے علاج کا کوئی تجربہ بھی نہیں ہے۔ ڈر ہے کہ اس کی دوا سے نصیب دشمناں بادشاہ سلامت کی طبیعت مزید نہ بگڑ جائے۔"

ملکہ عالیہ نے فرمایا:

"شیخ ابن سینا کو فوراً بادشاہ سلامت کے علاج کا موقع دیا جائے۔ اللہ کرے کہ اسی کے علاج سے بادشاہ سلامت اچھے ہو جائیں۔"

شاہی حکیم کو یہ بات پسند نہیں تھی کہ بخارا کے ایک نوجوان طبیب ابن سینا کو ان کے مقابلے پر لا کھڑا کیا جائے مگر ملکہ کا حکم تھا۔ اسی وقت شاہی ملازم شہر کی طرف دوڑا دیے گئے۔ ابن سینا کو بڑی عزت و احترام کے ساتھ شاہی محل میں لایا گیا۔ ابن سینا نے شاہی حکیم اور دوسرے طبیبوں کو ادب کے ساتھ سلام کیا اور پھر بادشاہ سلامت کی نبض دیکھی۔ آنکھوں اور ناخنوں کا معائنہ کیا پھر ملکہ عالیہ سے عرض کی:

"ملکہ عالیہ! خاکسار کی سمجھ میں بادشاہ سلامت کی جو بیماری آئی ہے اسی کے مطابق میں ایک دوا تیار کر کے لاتا ہوں۔ اللہ نے چاہا تو امیر بخارا کو شفا عطا ہو گی۔"

یہ کہہ کر ابن سینا شاہی محل سے واپس اپنے مکان میں آئے۔ وہاں ان کا مطب تھا۔ مطب اس جگہ کو کہتے ہیں جہاں طبیب مریضوں کو دیکھتے ہیں اور دوائیں وغیرہ تیار کی جاتی ہیں۔ ابن سینا نے مختلف جڑی بوٹیوں کو صاف کر کے ان کو پیس کر ایک سفوف تیار کیا اور کچھ عرق ساتھ لے کر

دوبارہ محل میں آئے۔ انھوں نے بادشاہ سلامت کو دوا کی ایک خوراک پلائی اور ملکہ سے کہا:

"ملکہ عالیہ! مجھے اللہ کی ذات سے پوری امید ہے کہ میری اس دوا سے بادشاہ سلامت کی طبیعت ایک گھنٹے میں سنبھل جائے گی۔"

جب ایک گھنٹہ گزر گیا تو بادشاہ سلامت نے آنکھیں کھول دیں اور ملکہ سے کہا:

"ہم پہلے سے زیادہ طاقت محسوس کر رہے ہیں۔ کمزوری کافی دور ہوگئی ہے۔"

ملکہ عالیہ کا چہرہ خوشی سے کِھل گیا۔ وہ سجدے میں گر گئیں اور اللہ کا شکر ادا کرنے لگیں۔ ہر طرف سے مبارک سلامت کی آوازیں آنے لگیں۔ دوسری خوراک پینے کے بعد بادشاہ سلامت اٹھ کر بیٹھ گئے۔ شیخ ابن سینا کا یہ ایک بڑا کارنامہ تھا اللہ تعالیٰ نے اس نوجوان حکیم و طبیب کو بڑی عزت بخشی تھی۔ بادشاہ دو دن میں صحت مند ہوگیا۔ اس نے دربار شاہی میں ابن سینا کو عزت و احترام سے بلایا اور فرمایا:

"ابن سینا! ہم تمھیں انعام کے طور پر شاہی کتب خانے کا سربراہ مقرر کرتے ہیں۔"

شیخ ابن سینا کے لیے اس سے بڑھ کر اور کیا انعام ہو سکتا تھا انھوں نے بادشاہ کا شکریہ ادا کرتے ہوئے کہا:

"حضور عالی! یہ میرے لیے بہت بڑا انعام ہے کہ میں ہر وقت علم کے ماحول میں رہوں گا اور کتابوں کا مطالعہ کر سکوں گا۔"

اس طرح ابن سینا کو مطالعے کا بہترین موقع مل گیا اور انھوں نے اپنی ذہانت اور غیر معمولی حافظے کی بدولت علم کے میدان میں بے حد ترقی کی اور سارے ملک میں ان کا نام مشہور ہوگیا' مگر خوش حالی اور سکون کا یہ زمانہ بہت جلد بیت گیا۔ وہ بیس سال کے تھے کہ ان کے والد کا انتقال ہوگیا کچھ عرصے بعد بخارا کے بادشاہ کا بھی انتقال ہوگیا۔ یہاں سے ابن سینا کی پریشانیوں کا دور شروع ہوا۔ وہ بخارا چھوڑ کر جرجان چلے گئے جہاں خوارزم بادشاہ کے دربار میں ان کی بڑی آؤ بھگت ہوئی' یہاں ان کی ملاقات البیرونی' ابونصر عراقی اور ابو سعید جیسے صوفیوں اور عالموں سے ہوئی۔ کچھ عرصے بعد ابن سینا "رے" چلے گئے اور وہاں سے ہمدان چلے گئے۔ جن دنوں ابن سینا نے ہمدان سے اصفہان کا رخ کیا تو اصفہان میں سانچی اور شہزاد کو سرائے میں رہتے ہوئے دو مہینے گزر چکے تھے۔ ناگن لڑکی پوشالی کے بارے میں انھیں ابھی تک کچھ پتا نہ چلا تھا کہ وہ کہاں ہے اور کس حال میں ہے۔

ایک روز سرائے میں ایک مریض لایا گیا جسے اس کے رشتے داروں نے چارپائی پر ڈال رکھا تھا۔ معلوم ہوا کہ پیٹ کے پیچیدہ مرض میں مبتلا ہے اور یہ لوگ ابن سینا سے اس کا علاج کروانے کے لیے لائے ہیں' تب سانچی اور شہزاد کو خبر ہوئی کہ عظیم مسلمان فلسفی' ریاضی داں' عالم اور طبیب ابن سینا اصفہان میں تشریف لاچکے ہیں۔ شہزاد نے سانچی سے کہا:

"سانچی! ہم بھی اس مریض کے ساتھ شیخ ابن سینا سے ملنے چلیں گے۔"

"کیوں نہیں۔" سانچی نے ہامی بھری۔

اے۔ حمید (بچوں کا ناول)

خفیہ خزانے کا راز

چنانچہ وہ بھی مریض کے رشتے داروں کے ساتھ طبیب اعظم شیخ ابن سینا کی حویلی میں پہنچ گئے۔ ایک کشادہ کمرے میں شیخ ابن سینا مسند پر بیٹھے ایک مریض کی نبض دیکھ رہے تھے۔ تخت پر کتابوں کا ڈھیر لگا تھا۔ الماری میں دوا کی بوتلیں پڑی تھیں۔ ایک نوجوان کھرل میں کوئی جڑی بوٹی پیس رہا تھا۔ سانچی اور شہزاد بڑے ادب سے ایک طرف ہو کر بیٹھ گئے۔ ابن سینا نے مریض کو غور سے دیکھا پھر اسے ایک دوا پلائی جس سے اس کے پیٹ کا درد جاتا رہا۔ شیخ نے مریض کے رشتے داروں کو اور کچھ ہدایات دیں اور رخصت کیا۔ تب شیخ ابن سینا نے شہزاد کی طرف توجہ کی اور فرمایا:

"عزیزم! تم کیسے آئے ہو؟"

شہزاد نے ادب سے عرض کی "جناب ہمیں صرف آپ کے دیدار کا شوق ہمدان سے یہاں لے آیا ہے۔" شیخ ابن سینا کتاب لکھنے میں مصروف ہو گئے۔ ان کے بھری بھری داڑھی والے چہرے پر بڑا وقار تھا۔ سر پر عمامہ بندھا تھا۔ بدن پر سنہری پٹی والا چغا تھا۔ فرمایا:

"میں تو اللہ کا ایک حقیر بندہ ہوں۔"

شہزاد کے منہ سے نکل گیا "یا شیخ! آپ کا نام تو ساری دنیا میں گونجتا ہے' آپ کی کتابیں ایشیا یورپ اور امریکا کی یونیورسٹیوں میں پڑھائی جاتی ہیں۔" سانچی نے شہزاد کی چٹکی بھری تب شہزاد کو احساس ہوا کہ وہ جذبات میں ایک ایسی بات کہہ گیا ہے جو اسے نہیں کہنی چاہیے تھی۔ شیخ ابن سینا نے کتاب رکھ دی اور شہزاد کی طرف غور سے دیکھتے ہوئے فرمایا:

"یہ تم نے کون سے ملکوں کا نام لیا؟"

خفیہ خزانے کا راز

شہزاد جلدی سے بولا:
"یا شیخ! مجھے ہمدان میں ایک نجومی نے بتایا تھا کہ ایک وقت آئے گا جب ساری دنیا میں ابن سینا کے نام کی شہرت ہوگی اور ان کی کتابوں کے غیر ملکی زبانوں میں ترجمے ہوں گے اور وہاں کی یونیورسٹیوں میں ان کی کتابوں کا درس دیا جائے گا۔"

شیخ ابن سینا نے پوچھا:
"یہ تم نے شاید لاطینی زبان کا کوئی لفظ بولا ہے۔"

شہزاد بات کو سمجھنے کی کوشش کرتے ہوئے بولا:
"جی ہاں یا شیخ! نجومی لاطینی زبان جانتا تھا یہ لفظ یونیورسٹی مجھے اسی نے بتایا تھا اور کہا تھا کہ یہ لفظ جامعہ کا لاطینی ترجمہ ہے۔"

سانچی نے اطمینان کی سانس لی۔ شیخ ابن سینا تب زیر لب مسکرائے اور پوچھا: "تم دونوں کیا کرتے ہو؟"

تب سانچی نے کہا "یا شیخ! ہم دونوں بغداد کے رہنے والے ہیں اور گھر سے سیر و سیاحت کرنے نکلے ہیں۔ ہمدان میں سنا کہ آپ اصفہان تشریف لے گئے ہیں بس آپ کو دیکھنے اور آپ سے علم و حکمت کی باتیں سننے کا شوق ہمیں آپ کی خدمت میں یہاں لے آیا ہے۔"

ابن سینا نے بڑی شفقت سے کہا:
"تمہیں علم حاصل کرنے کا شوق ہے یہ بڑی اچھی بات ہے، ہر بچے کو علم کا شوق ہونا چاہیے۔ ہمارے نبی پاک صلی اللہ علیہ وسلم نے بھی فرمایا کہ علم جنت کے راستوں کا نشان ہے۔ تم کیا بات پوچھنا چاہتے ہو؟"

خفیہ خزانے کا راز

شہزاد نے پوچھا "یا شیخ انسان کو بیماری کیوں اور کیسے لگتی ہے؟"

شیخ ابن سینا ایک پل کے لیے چپ ہو گئے' پھر شہزاد کی طرف متوجہ ہو کر فرمایا:

"عزیزم! میں زیادہ گہرائی میں نہیں جاؤں گا۔ تمھیں آسان زبان میں بتاتا ہوں کہ انسان کو بیماری دو طرح سے لگتی ہے یا وہ کھانے پینے میں بدپرہیزی کرے یا کوئی گناہ کر بیٹھے۔ اللہ تعالیٰ نے انسان کا جسم ایک خاص ضابطے اور اصول کے تحت بنایا ہے۔ جب ہم کوئی چیز کھاتے ہیں تو ہمارا معدہ اپنے آپ اسے ہضم کرنا شروع کر دیتا ہے' قدرت کا بنایا ہوا جسم کا نظام بڑی فرض شناسی اور ذمے داری کے ساتھ خوراک ہضم کرتا اور جس چیز کی جسم میں ضرورت ہوتی ہے اسے وہاں پہنچا دیتا ہے' لیکن جب ہم زیادہ خوراک کھا لیتے ہیں یا کھائے ہوئے پر اور کھاتے ہیں تو کھانا ہضم کرنے کے نظام میں خرابی پیدا ہو جاتی ہے اور آدمی بیمار پڑ جاتا ہے۔"

شہزاد نے سوال کیا:

"یا شیخ! گناہ کی وجہ سے آدمی کیسے بیمار ہوتا ہے؟"

شیخ ابن سینا نے فرمایا:

"میرے عزیز! ہمارے استاد محترم نے ایک بار فرمایا تھا کہ یاد رکھو کہ پہلے روح بیمار ہوتی ہے اور بعد میں جسم بیمار ہوتا ہے۔ یعنی بیماری روح کے اندر پیدا ہوتی ہے اور اس کے بعد وہ جسم میں ظاہر ہوتی ہے۔ گناہ ایک غیر قدرتی فعل ہے' گناہ کر کے آدمی پر شرمندگی طاری ہوتی ہے۔ اس کا ضمیر اسے کچوکے لگاتا ہے ملامت کرتا ہے۔ یوں گناہ گار کی روح پر گناہ کے منفی

اثرات پڑنے لگتے ہیں اور یہ اثرات اس کے ذہن اور روح کو کسی نہ کسی مرض میں مبتلا کر دیتے ہیں جس کا نتیجہ انسان کی کسی جسمانی بیماری کی شکل میں ظاہر ہونے لگتا ہے۔ کوئی آدمی اگر جھوٹ بولتا ہے، کسی کے بارے میں بُرا سوچتا ہے، کسی کو دھوکا دیتا ہے تب بھی ان گناہ کی باتوں کا اس کی روح پر اثر پڑتا ہے اور وہ بیمار ہو جاتی ہے۔ کیونکہ روح کو اللہ تعالیٰ نے بڑا ہی پاکیزہ اور نیک بنایا ہے۔ انسان اپنے گناہوں سے روح کو بیمار بنا دیتا ہے۔ یوں وہ خود ہی کسی نہ کسی پیچیدہ جسمانی یا ذہنی بیماری میں مبتلا ہو جاتا ہے۔ ہاں اگر کسی بیماری کی شہر میں وبا پھیلی ہو تب اس کا تعلق انسان کی سوچ سے نہیں ہوتا۔ اگر انسان کسی حادثے میں زخمی ہو جائے اس کا بھی اس کی سوچ سے کوئی تعلق نہیں ہوتا۔"

سانچی نے سوال کیا:

"یا شیخ! آپ ستاروں کے علم کے بھی ماہر ہیں۔ کیا یہ سچ ہے کہ ستاروں کا انسان کی تقدیر پر اثر پڑتا ہے؟"

شیخ ابن سینا نے فرمایا "عزیزم! اس سوال کا جواب دینے سے پہلے میں تمہیں یہ بات بتا دینا ضروری سمجھتا ہوں کہ دنیا میں دو طرح کی مخلوق ہے۔ ایک وہ جسے اللہ تعالیٰ نے کوئی اختیار نہیں دیا یعنی وہ اپنی مرضی اور اپنے ارادے سے کوئی حرکت نہیں کر سکتی۔ مثلاً درخت، چاند ستارے اور بڑے بڑے پہاڑ ہیں۔ یہ اپنی مرضی اور اپنے ارادے سے ذرا آگے پیچھے نہیں ہو سکتے۔ ان کے پاس کوئی اختیار یا ارادہ نہیں ہے۔ ان کو قدرت کا نظام اپنی مرضی سے چلاتا ہے، دوسری مخلوق میں صرف انسان ایک ایسی چیز ہے جس کو

اللہ تعالیٰ نے پورا اختیار دے رکھا ہے۔ انسان کی مرضی ہے' اپنا ارادہ ہے۔ جس طرح سورج کی گرم شعاعوں سے بچنے کے لیے انسان اپنے سر کو کپڑے سے ڈھانپ لیتا ہے اسی طرح اسے اگر دوسرے سیاروں کی گرم، سرد شعاعوں کا علم ہو جائے تو وہ ان کے بُرے اثرات سے بھی اپنے آپ کو بچا سکتا ہے۔ ہر سیارے سے شعاعیں نکل کر زمین پر آتی ہیں جو انسانوں پر بھی پڑتی ہیں۔ ان کے گرم و سرد اثرات ہوتے ہیں۔ انسان اگر چاہے تو اپنے اختیار اور ارادے سے کام لیتے ہوئے ان سیاروں کے اثرات کو ختم کر سکتا ہے۔ ایک بات ہمیشہ یاد رکھنا کہ ارادے اور اختیار کی وجہ سے انسان ہر سیارے' ستارے' پہاڑ' درخت دنیا کی ہر شے سے اعلا اور بلند ہے اور باقی ہر شے کو اللہ تعالیٰ نے انسان کے تابع کر رکھا ہے۔ لیکن اس کے لیے انسان کا نیک عمل کرنا' اللہ کی مخلوق سے پیار کرنا' سچائی اور صداقت کی خاطر اپنا سب کچھ قربان کر دینا اور اللہ اور اس کے رسول صلی اللہ علیہ وسلم پر ایمان ہو جو اللہ تعالیٰ کے سوا کسی کو عبادت کے لائق نہ مانتا ہو اس پر کسی سیارے یا ستارے کا کوئی اثر نہیں ہوتا۔ بلکہ انسان خود سیارے کو اپنی پاکیزہ شعاعوں سے متاثر کرتا ہے۔ میرا خیال ہے یہ مسئلہ تمہاری سمجھ میں آگیا ہوگا۔"

سانچی شیخ ابن سینا کی باتوں سے بے حد متاثر ہوا۔ شہزاد دل میں کہہ رہا تھا کہ جتنا کتابوں میں لکھا ہے شیخ ابن سینا اس سے بھی زیادہ لائق اور عالم ہیں۔

پوشالی غائب ہو گئی

شیخ ابن سینا نے شہزاد اور سانچی کے پوچھنے پر بتایا کہ وہ اس وقت اپنی دو کتابیں مرتب کر رہے ہیں۔ ایک کتاب "القانون" ہے جو کئی جلدوں کی ہوگی اور جس میں علم طب کی پوری معلومات اکٹھی کی جارہی ہیں۔ شیخ نے فرمایا:

"مجھے یقین ہے کہ اس کتاب کو پڑھنے کے بعد طب کے طالب علموں کو دوسری کتاب کی ضرورت نہیں رہے گی۔"

اس وقت شہزاد کو یاد آیا کہ شیخ ابن سینا کی یہ کتاب "القانون" پچھلے چھ سو برس تک اسلامی دنیا میں ہی نہیں بلکہ یورپ میں بھی پڑھائی جاتی رہی اور طب یعنی میڈیکل کی تعلیم اسی کتاب سے دی جاتی رہی۔ اس کتاب کے دنیا کی بہت سی زبانوں میں ترجمے ہوئے اور جگہ جگہ "القانون" کتاب میں شیخ ابن سینا نے مختلف بیماریوں پر بڑی تفصیل کے ساتھ بحث کی ہے اور دواؤں یعنی مڈیسن کی تحقیق کی ہے یہ ابن سینا ہی تھے جنھوں نے اپنی کتاب میں پہلی بار دنیا کو بتایا کہ بیماریاں ہوا اور پانی سے بھی پھیلتی ہیں اور دق ایک لگنے والا مرض ہے۔ تب شہزاد کو اس بات پر فخر محسوس ہوا کہ مسلمانوں نے ہر میدان

اور خاص طور پر میڈیسن کے شعبے میں ایسی ایسی تحقیقات کی ہیں کہ آج بھی یورپ اور امریکا کے سائنس داں اور ڈاکٹر ان سے فائدہ اٹھا رہے ہیں۔

شیخ ابن سینا فرما رہے تھے:

"میری دوسری کتاب "الشفا" میں اخلاقیات کے فلسفے سے لے کر کائنات تک کے سارے علوم کا ذکر ہوگا۔"

شہزاد کو معلوم تھا اور اس نے کتابوں میں بھی پڑھ رکھا تھا کہ عظیم عالم شیخ ابن سینا نے اپنی زیادہ تر کتابیں عربی زبان میں اور کچھ فارسی زبان میں لکھی تھیں۔ پھر بھی اس نے سوال کیا:

"یا شیخ محترم! آپ کس زبان میں کتابیں لکھتے ہیں؟"

ابن سینا نے مسکراتے ہوئے فرمایا:

"میری مادری زبان فارسی ہے، مگر میں عربی میں بھی لکھتا ہوں۔ بلکہ میری عربی کتابوں کی تعداد زیادہ ہوگی۔"

سہ پہر کے وقت ساچی اور شہزاد ابن سینا کی مجلس سے اجازت لے کر واپس اپنی سرائے میں آگئے۔ ساچی کہنے لگا:

"یہ میری بھی خوش نصیبی ہے کہ مجھے اسلام کے ایک عظیم عالم فلسفی اور طبیب سے ملنے اور اس کی علمی باتیں سننے کا موقع ملا۔"

شہزاد بولا "میں تو ماضی کے سفر پر نکلا ہی اسلام کے نامور طبیبوں اور سائنس دانوں سے ملاقات کرنے کے لیے ہوں۔ میں تو تمہارا شکریہ ادا کرتا ہوں کہ تمہاری وجہ سے مجھے ان عظیم لوگوں سے ملنے کا موقع ملا۔"

ساچی نے اچانک فضا میں ایک خاص قسم کی بو کو سونگھا اور جلدی

سے کھڑکی بند کردی۔ شہزاد نے پوچھا:

"کیا بات ہے سانچی، تم اچانک گھبرا کیوں گئے ہو؟"

سانچی نے شہزاد کے گلے میں پڑے ہوئے اپنے تعویذ کی طرف اشارہ کرتے ہوئے کہا:

"میرے تعویذ کی حفاظت کرنا۔ سامری کا ایک خاص جادوگر اس شہر میں پہنچ گیا ہے۔ میں نے اس کی خاص بُو پالی ہے۔ وہ میری تلاش میں ہے۔ میں جارہا ہوں۔ تعویذ کی طرف سے خبردار رہنا۔"

یہ کہا اور سانچی غائب ہوگیا۔شہزاد نے اٹھ کر کھڑکی کھولی۔ سرائے کے صحن میں ایک طرف اونٹ بیٹھے جگالی کررہے تھے۔ ایک عرب بدو گھوڑے کو کھول کر صحن سے باہر لے جارہا تھا۔ شہزاد نے کھڑکی بند کردی۔ اسے پہلا خیال یہ آیا کہ اگر سانچی کے کہنے کے مطابق سامری نے کوئی جادوگر سانچی کی تلاش میں یہاں بھیج دیا ہے تو وہ اس تعویذ کو ضرور پہچان لے گا اور یوں شہزاد کی زندگی بھی خطرے میں پڑسکتی ہے۔ وہ تعویذ کو چھپانے کے لیے کوئی جگہ تلاش کرنے لگا۔ پھر اسے یہ خیال آیا کہ اگر اس نے تعویذ اصفہان کی اس سرائے میں چھپادیا اور خود دور نکل گیا تو وہاں سے تعویذ لینے واپس کیسے آئے گا؟

"نہیں۔ نہیں۔ تعویذ مجھے اپنے پاس ہی رکھنا چاہیے، صرف مجھے کچھ دنوں کے لیے اصفہان شہر سے کسی دوسری جگہ چلے جانا چاہیے۔"

یہ سوچ کر شہزاد نے کوٹھری کو تالا لگایا۔ چابی سرائے کے مالک کو دی اور کہا:"میں دو چار دنوں کے لیے اپنی بڑی بہن کے پاس ہمدان جارہا ہوں۔"

شہزاد کا گھوڑا سرائے کے باہر بندھا تھا وہ گھوڑے پر بیٹھا اور چل پڑا۔ سرائے شہر کے درمیان میں واقع تھی۔ شہزاد کو اصفہان کے بازاروں میں سے گزر کر باہر نکلنا تھا۔ گھوڑے پر بیٹھنے کے بعد اس نے احتیاط کے طور پر سانچی کا تعویذ گلے سے اتار کر اپنی جیب میں رکھ لیا تھا تاکہ اگر سامری کا بھیجا ہوا جادوگر اصفہان کے کسی بازار میں چل پھر رہا ہو تو اس کی نظر تعویذ پر نہ پڑ جائے۔ اصفہان کے بازاروں میں بڑی رونق تھی' ابھی رات کا اندھیرا نہیں ہوا تھا۔دکانیں کھلی تھیں کاروبار ہو رہا تھا۔ شہزاد گھوڑے کو آہستہ آہستہ آگے بڑھاتا شہر کے دروازے کی طرف جا رہا تھا۔ ایک جگہ بازار میں بھیڑ لگی تھی۔ شہزاد قریب سے گزرا تو دیکھا کہ ایک آدمی کوئی داستان سنا رہا ہے جسے لوگ بڑے شوق سے سن رہے تھے۔

شہزاد وہاں سے گزرا تو ایک توتے کی چونچ جیسی ناک والے آدمی نے اس کی طرف گھور کر دیکھا' یہ سامری کا جادوگر تھا۔ اس نے شہزاد کے لباس میں سے نکلتی سانچی کے تعویذ کی خاص شعاعوں کو محسوس کر لیا تھا۔ جادوگر بھی اپنے گھوڑے پر سوار ہو کر شہزاد کے پیچھے لگ گیا۔ شہزاد کو کچھ خبر نہیں تھی۔ وہ شہر کے دروازے سے نکل کر باہر آگیا۔ شہر کے باہر کہیں کہیں کچے مکان اور ان کے درمیان کھجوروں کے جھنڈ نظر آرہے تھے۔ سورج مغرب کی طرف سنگلاخ چٹانوں پر جھک رہا تھا۔ دھوپ کا رنگ گلابی ہو رہا تھا۔ ایک پکی اینٹوں والی سڑک شہر اصفہان کے دروازے سے شہر ہمدان کی طرف جاتی تھی جو وہاں سے زیادہ دور نہیں تھا۔ شہزاد اگرچہ ابن سینا کے شہر سے جدا نہیں ہونا چاہتا تھا' مگر اسے سانچی کا تعویذ بھی عزیز تھا کیونکہ اسی تعویذ کی مدد

سے واپس اپنے شہر پہنچنا تھا اپنے ۱۹۹۳ عیسوی کے زمانے میں پہنچنا تھا۔

وہ یہ سوچ کر ہمدان کی طرف بڑھا کہ وہاں وہ سامری کے جادوگر کے جادو اور عیاّریوں سے محفوظ ہوگا۔ کچھ روز ہمدان میں گزارنے کے بعد وہ واپس اصفہان شیخ ابن سینا کی خدمت میں حاضر ہوجائے گا۔ اصفہان شہر کی دیوار جب کافی پیچھے رہ گئی اور سورج بھی ڈوب گیا تو شہزاد نے پیچھے مڑکر دیکھا۔ اسے کچھ فاصلے پر ایک گھڑسوار آتا دکھائی دیا۔ شہزاد نے سوچا کہ یہ بھی کوئی مسافر ہوگا جو کسی گاؤں کی طرف جارہا ہوگا اس کے ذہن میں خیال بھی نہ آیا کہ یہ سامری جادوگر ہے - اتنی دیر میں وہ شہزاد پر اپنے کئی منتر پھونک چکا تھا مگر شہزاد کے سفر میں بار بار کلمہ شریف کے ورد کرنے کی وجہ سے اس کے جادو کا، اس کے منتروں کا کوئی اثر نہیں ہورہا تھا۔

اصفہان شہر کافی پیچھے رہ گیا اس کی فصیل شام کے بڑھتے ہوئے اندھیرے میں گم ہوگئی تھی۔ شہزاد ایک گاؤں میں سے گزر رہا تھا کہ ایک آدمی نے جو لکڑہارا تھا اسے ہاتھ کے اشارے سے روکا اور کہا:

"لڑکے! تم کہاں جارہے ہو؟"

شہزاد نے کہا "میں ہمدان جارہاہوں۔"

اس پر لکڑہارے نے کہا "بیٹے! ہمدان کا سفر دن کے وقت کرنا۔ رات کے وقت خطرہ ہے، آگے ایک صحرا ہے جہاں رات کے وقت ایک اژدہا کہیں سے نکل کر سڑک پر آکر بیٹھ جاتا ہے۔ جو کوئی ادھر سے گزرتا ہے اسے سانس کھینچ کر نگل جاتا ہے۔"

شہزاد دل میں ہنسا کہ یہ لکڑہارا الف لیلیٰ کی کہانیوں جیسی باتیں کررہا

خفیہ خزانے کا راز

ہے۔ اس نے کہا:

"آپ کا بہت بہت شکریہ، مگر میں مسلمان ہوں میرا اللہ پر ایمان ہے۔ مجھے یقین ہے کہ اول تو وہاں کوئی اژدہا نہیں ہوگا۔ اگر ہوا بھی تو مجھے کچھ نہیں کہے گا۔"

لکڑہارے نے منہ بنا لیا کہنے لگا:

"ٹھیک ہے لڑکے، اگر تمہیں اپنی جان پیاری نہیں ہے تو بے شک جاؤ۔"

یہ کہہ کر لکڑہارا چلا گیا۔ شہزاد نے پیچھے گردن گھما کر دیکھا اسے گھڑسوار نظر نہ آیا۔ شہزاد نے گھوڑے کو اژدہے والے راستے پر ڈال دیا۔ وہ راتوں رات ہمدان پہنچ جانا چاہتا تھا تا کہ دن کی سخت گرمی اور دھوپ میں صحرا کا سفر نہ کرنا پڑے۔ شام ڈھل گئی تھی اب رات ہو گئی تھی۔ فضا میں ٹھنڈک آ گئی تھی۔ کیونکہ صحرا کی ریت اگرچہ دن بھر دھوپ میں جلتی رہتی ہے، مگر سورج غروب ہونے کے بعد بڑی جلدی ٹھنڈی ہو جاتی ہے۔ یہی وجہ ہے کہ صحراؤں میں دن کو جھلسا دینے والی گرمی پڑتی ہے اور رات کو اتنی ٹھنڈ ہو جاتی ہے کہ آدمی کو کمبل اوڑھ کر سونا پڑتا ہے۔

شہزاد چلتا چلا گیا۔ کوئی گھنٹے ڈیڑھ گھنٹے بعد وہ ریت کے اونچے اونچے ٹیلوں میں سے باہر نکلا تو کیا دیکھتا ہے کہ سامنے ایک صحرا ہے جس کی دونوں جانب ٹیلے سر اٹھائے کھڑے ہیں۔ وہ سمجھ گیا کہ یہی وہ خطرناک صحرا ہے جس کے بارے میں لکڑہارے نے اسے خبردار کیا تھا کہ وہاں ایک اژدہا رات کو نکل کر راستہ روک لیتا ہے اور جو مسافر وہاں سے گزرے اسے سانس کھینچ

کر ہڑپ کر جاتا ہے۔ شہزاد نے دیکھا کہ ایک پتلی سڑک صحرا کے بیچ میں بنی تھی۔ یہ سڑک ستاروں کی روشنی میں دھندلی دکھائی دے رہی تھی۔ اس نے اللہ کا نام لیا اور گھوڑے کو سڑک پر ڈال دیا۔

شہزاد دل میں کلمہ پڑھ رہا تھا۔ ابھی وہ ایک فرلانگ ہی گیا ہوگا کہ اسے ایک زبردست پھنکار سنائی دی' پھر دیکھا کہ ریت کے ٹیلے میں سے ایک بہت بڑا سیاہ اژدہا نکل کر سڑک کے درمیان آکر بیٹھ گیا ہے۔ شہزاد کا گھوڑا ڈر کر پیچھے ہٹا۔ شہزاد نے اسے سنبھالا اور اژدہے کی طرف دیکھنے لگا۔ اژدہے نے پورا منہ کھول کر زور سے سانس اندر کو کھینچا۔ شہزاد کو محسوس ہوا کہ جیسے پیچھے سے کوئی آندھی چل پڑی ہے جو اسے آگے اژدہے کی طرف دھکیلنے کی کوشش کررہی ہے۔ شہزاد جلدی سے گھوڑے سے اتر پڑا۔ اس کے پانوٴ زمین پر سختی سے جمے ہوئے تھے۔ اس کے کپڑے پھڑپھڑانے لگے تھے۔ اژدہے نے دوسری بار سانس اندر کو کھینچا تو ایک بار پھر شہزاد کو پیچھے سے ہوا کا سخت تھپڑ لگا مگر وہ اپنی جگہ سے ایک انچ بھی نہ ہلا اور مضبوطی سے پانوٴ جمائے کھڑا رہا۔ گھوڑے پر بھی اس کی قوت ارادی اور اللہ کی مدد کا اثر ہوگیا تھا اب وہ بھی سکون سے اپنی جگہ پر رکا کھڑا تھا۔ یہاں سڑک دو ٹیلوں کے درمیان سے ہوکر گزرتی تھی' دوسرا کوئی راستہ نہیں تھا۔ شہزاد کو اس تنگ راستے سے گزر کر جانا تھا۔ وہ گھوڑے پر بیٹھ گیا۔ اللہ کو یاد کیا اور گھوڑے کو تھپکی دے کر آگے بڑھایا' اژدہا بار بار سانس کھینچ رہا تھا مگر شہزاد پر اس کا کوئی اثر نہیں ہورہا تھا۔ شہزاد نے تلوار کھینچ لی تھی کہ اگر اژدہے نے حملہ کیا تو وہ اسے تلوار کے وار سے ہلاک کر ڈالے گا۔

اژدہا بھی سمجھ گیا کہ اس کا واسطہ کسی طاقتور انسان سے پڑ گیا ہے جس میں کوئی خدائی طاقت ہے۔ اژدھے نے اپنا سر ڈال دیا جب شہزاد اس کے قریب پہنچا اور تلوار کا ہاتھ مارنے ہی والا تھا کہ اژدھے کی آواز آئی:

"میں تمھیں سلام کرتا ہوں بہادر لڑکے! میرے اندر اتنی ہمت نہیں کہ میں تمھیں نقصان پہنچا سکوں۔ میں تمھارے آگے ہتھیار ڈالتا ہوں۔ مجھے ہلاک نہ کرنا میں تمھارا غلام ہوں۔"

شہزاد نے کہا" تو پھر وعدہ کرو کہ آئندہ سڑک نہیں روکو گے اور کسی انسان پر حملہ نہیں کرو گے۔"

اژدہے کی آواز آئی "میں وعدہ کرتا ہوں کہ آج کے بعد میں یہاں سے چلا جاؤں گا اور ساری زندگی کسی انسان پر حملہ نہیں کروں گا۔ مگر ایک بات میں تمھیں بتانا چاہتا ہوں کہ تمھارے پیچھے ایک آدمی لگا ہوا ہے جو کوئی جادوگر ہے۔ میں اس کے جادوئی منتروں کی خاصی گرمی محسوس کر رہا ہوں۔ تم جتنی جلد ہو سکے یہاں سے آگے نکل جاؤ۔ وہ آدمی تمھیں نقصان پہنچانا چاہتا ہے۔"

شہزاد نے کہا" تمھارا شکریہ دوست!"

پھر وہ گھوڑے کو دوڑاتا ہوا آگے لے گیا۔ وہ کچھ پریشان بھی ہوا کہ جس بات کا خدشہ تھا آخر وہی ہوئی یعنی سامری کا بھیجا ہوا جادوگر اس کے پیچھے لگا ہے۔ شہزاد نے آگے جاکر پیچھے دیکھا وتس گھڑ سوار ستاروں کی دھندلی روشنی میں اژدہے کی طرف بڑھ رہا تھا' شہزاد کا خیال تھا کہ اژدہا اسے نگل جائے گا۔ چنانچہ وہ یہ تماشا دیکھنے کے لیے رک گیا۔ وہ ٹیلے کی اوٹ

میں سے اژدہے کی طرف آتے گھڑسوار کو تک رہا تھا۔

سامری کا جادوگر جونہی اژدہے کے قریب آیا اژدہے نے زور سے سانس کھینچا کہ اسے نگل لے' مگر جادوگر نے ایسا منتر پھونکا کہ اژدہے کے جسم کو ایک دم آگ لگ گئی۔ وہ شعلوں میں گھر گیا اور تڑپنے لگا اور شہزاد کی آنکھوں کے سامنے دیکھتے ہی دیکھتے جل بھن کر کوئلہ ہوگیا۔ یہ منظر دیکھ کر شہزاد نے گھوڑے کو دوڑانا شروع کردیا۔ اس نے گھوڑے کو ایڑ لگا کر باگیں ڈھیلی کردیں' گھوڑا صحرائی راستے پر بھاگنے لگا' سامری کے جادوگر نے جب اپنے شکار کو گھوڑا دوڑاتے دیکھا تو اپنے گھوڑے کو ایڑ لگائی اور شہزاد کے پیچھے گھوڑا دوڑانے لگا۔ ساتھ ہی ساتھ سامری کا جادوگر منتر بھی پڑھ پڑھ کر شہزاد کی طرف پھونک رہا تھا' لیکن کلمے کے ورد کی وجہ سے اس پر جادوگر کے منتروں کا کوئی اثر نہیں ہو رہا تھا۔

پھر ایسا ہوا کہ شہزاد نے جب اپنے پیچھے جادوگر کو گھوڑا دوڑاتے دیکھا تو اس کے دل میں ایک لمحے کے لیے موت کا خیال آگیا اسی لمحے اس کا دل اللہ کی یاد سے خالی ہوگیا تھا۔ بس یہی وہ کمزور لمحہ تھا جس کا سامری کے جادوگر نے فائدہ اٹھاتے ہوئے اس پر بڑا تیز منتر پڑھ کر پھونکا۔ چونکہ شہزاد کا دل اللہ کی یاد سے خالی تھا اس لیے اس پر جادوگر کے منتر کا اثر ہوگیا اور وہ گھوڑے پر سے اچھل کر نیچے ریت پر گرا اور گرتے ہی بے ہوش ہوگیا۔

سامری کا جادوگر اس کے سر پر پہنچ کر گھوڑے سے اترا اور بڑی جلدی جلدی اس نے شہزاد کے کپڑوں کی تلاشی لی اور لبادے کی ایک جیب میں رکھا ہوا سانچی کا تعویذ اسے مل گیا' جادوگر نے تعویذ کو چوما اور نعرہ لگایا:

"سامری! میں نے سانچی کا تعویذ لے لیا ہے۔"

جادوگر نے ایک خاص منتر پڑھا۔ ہاتھ کی پانچوں انگلیوں کو کھول کر شہزاد کے جسم کے ایک فٹ اوپر پھیلایا اور پھونک ماری۔ شہزاد کا بے ہوش جسم تین فیٹ اچھل کر نیچے گرا اور گرتے ہی چھوٹا سا پیتل کا مینڈک بن گیا۔ سامری کا جادوگر غائب ہوگیا۔ ساری رات شہزاد پیتل کے مینڈک کے روپ میں صحرا میں پڑا رہا۔ اسے کوئی ہوش نہیں تھا کہ وہ کیا سے کیا بن گیا ہے اور کہاں پڑا ہے۔

دوسرے دن شیخ ابن سینا نے دیکھا کہ شہزاد آج نہیں آیا تو انھوں نے اپنے شاگردوں سے پوچھا کہ شہزاد آج کیوں نہیں آیا؟ انھوں نے اسی وقت ایک لڑکا سرائے کی طرف دوڑایا۔ لڑکے نے آخر خبر دی کہ شہزاد اپنے دوست سانچی کے ساتھ ہمدان چلا گیا ہے۔ کہہ گیا ہے کہ دو ایک دن میں واپس آجاؤں گا۔

اب ہم تھوڑی دیر کے لیے واپس ناگن لڑکی پوشالی کی طرف چلتے ہیں اور دیکھتے ہیں کہ اس کے ساتھ کیا بیتی۔ ناگن لڑکی پوشالی شہزاد کے ساتھ اس کی جیب میں سانپ کی صورت میں شہر سے آدھی رات کو اڑی تھی سانچی بھی ساتھ تھا۔ وہ وقت کی سرحدوں کو پار کرگئی تھی۔ مگر جونہی سانچی شہزاد کو لے کر ایک دریا کے اوپر سے گزرا تو پوشالی ناگن کو کچھ ہوش نہ رہا' وہ شہزاد کی جیب سے غائب ہوچکی تھی۔ اصل بات یہ ہوئی تھی کہ وہ جس علاقے سے گزر رہے تھے وہاں فضا میں ایک مہینے پہلے کیے گئے کسی عمل کا اثر باقی تھا۔ اس عمل کے اثرات نے پوشالی کو شہزاد کی جیب

سے، غائب کر کے نیچے بہتے دریا کے کنارے ریت کے ٹیلے کے پاس گرا دیا۔

کچھ وقت تک تو پوشالی کو ہوش نہ آیا کیونکہ رات کا وقت تھا اور ریت ٹھنڈی تھی، جب دن نکلا اور سورج کی گرمی بڑھی تو پوشالی ظاہر بھی ہوگئی اور اسے ہوش بھی آگیا۔ اس نے جب اپنے آپ کو دریا کے کنارے ریت پر پڑا پایا تو حیران ہوئی پھر سوچا کہ شاید وہ شہزاد کی جیب سے گر گئی ہے۔ مگر سوال یہ تھا کہ وہ بے ہوش کیسے ہوگئی تھی؟ پوشالی یہی کچھ سوچتی ریت پر رینگتی دریا کنارے درختوں میں آگئی۔ اب اس نے جب ناگن سے لڑکی کی شکل میں آنے کی کوشش کی تو وہ ایسا نہ کرسکی۔ جب بھی سانپ سے لڑکی بننے کی کوشش کرتی ناکام رہتی۔ اب تو وہ بڑی گھبرائی۔ سمجھ گئی اس پر کسی دشمن نے کوئی جادو کردیا ہے، مگر اس کا دشمن کون ہوسکتا تھا؟ یہی کچھ سوچتی وہ کھجور کے جھنڈ تلے ایک جھاڑی کے پاس کنڈلی مار کر بیٹھ گئی۔ سامنے دریا خاموشی سے بہہ رہا تھا۔ دھوپ تیز ہو رہی تھی اور صحرا گرم ہونے لگا تھا۔ اسے ابھی تک معلوم نہیں تھا کہ وہ کہاں ہے اور یہ کون سا دریا ہے۔ ریت کے ٹیلوں اور کہیں کہیں سنگلاخ چٹانوں اور کھجوروں کو دیکھ کر اسے اتنا اندازہ ضرور ہوگیا تھا کہ وہ مشرق وسطیٰ کے علاقے میں ہے۔

اچانک اسے کسی کے قدموں کی چاپ سنائی دی، ناگن پوشالی جلدی سے جھاڑیوں میں چھپ گئی۔ یہ ایک مصری سپیرا تھا جو اپنا بقچہ بغل میں لٹکائے ہاتھ میں بین پکڑے اس جگہ تھوڑی دیر سستانے کے لیے آیا تھا۔ یہ بڑا تجربہ کار مصری سپیرا تھا اور بادشاہ کے دربار میں نہ صرف سانپوں کا ناچ

دکھاتا بلکہ بادشاہوں کے ہاتھ سانپوں کا زہر بھی فروخت کرتا تھا۔ اس کا نام ہامان تھا۔ ہامان سپیرے کے پاس کچھ خاص اور مفید منتر بھی تھے۔

اس نے دریا پر جاکر پانی پیا منہ ہاتھ دھویا اور کھجوروں کے نیچے چھاؤں میں آکر بیٹھ گیا۔ پوشالی ناگن قریب ہی جھاڑیوں میں چھپی تھی۔ صحرا میں سخت گرمی تھی جس کی وجہ سے پوشالی وہاں سے نکل بھی نہیں سکتی تھی۔ ہامان سپیرے نے سوچا کہ کیوں نہ کوئی سانپ پکڑا جائے۔ دریا کنارے اکثر بڑے زہریلے سانپ مل جاتے ہیں۔ بس اس نے بین نکالی اور بجانی شروع کردی۔ بین کا اثر ہر سانپ پر ہوتا ہے خواہ وہ سانپ کتنا ہی ہوشیار اور چالاک کیوں نہ ہو۔ پوشالی کے ساتھ بھی ایسا ہوا۔ حالانکہ اس کی سوچ انسانوں کی طرح تھی، مگر جونہی بین کی آواز اس کے جسم سے ٹکرائی اس پر بین کا اثر ہونا شروع ہوگیا۔

سانپ کے کان نہیں ہوتے لیکن اللہ تعالی نے اس کے جسم میں ایسی خصوصیات پیدا کردی ہیں کہ جب آواز کی لہریں اس کے جسم سے ٹکراتی ہیں تو وہ انھیں محسوس کرلیتا ہے۔

پوشالی بین کی آواز پر بے اختیار ہوکر جھاڑیوں سے باہر نکل آئی اور مصری سپیرے کے سامنے آکر پھن اٹھالیا اور اسے لہرانے لگی۔ جونہی چالاک سپیرے نے پوشالی کے پھن پر نگاہ ڈالی تو وہاں سبز رنگ کا ایک چھوٹا دائرہ بنا ہوا دیکھا۔ یہ اس بات کی نشانی تھی کہ یہ سانپ خاندانی سانپ ہے اور اس کا زہر اتنا خطرناک ہے کہ پانی میں آگ لگادے۔ عیار سپیرے نے پوشالی ناگن کو پکڑنے کے لیے ہاتھ آگے بڑھایا۔ ناگن نے اسے ڈسنے کے لیے پھن

مارا مگر سپیرے نے ہاتھ پیچھے کر لیا۔

ایک بات مصری سپیرا سمجھ گیا تھا کہ یہ سانپ صرف بین کی آواز کی وجہ سے وہاں مجبور ہو کر آ گیا ہے اور جب تک بین بجتی رہے گی وہ کہیں نہیں جائے گا اور بین بجانے والے کو آگے بڑھ کر ڈس بھی نہیں سکے گا۔ سپیرا ایک ہاتھ سے بین بجاتا رہا اور دوسرے ہاتھ سے اس نے بٹوے میں سے سفوف کی ایک ڈبیا نکال کر ہاتھ میں پکڑ لی۔ پوشالی ناگن بین کی وجہ سے لہرا لہرا کر تھک گئی تھی۔ سپیرے نے بڑی ہوشیاری سے ڈبیا کھولی اور اس کا سفوف ناگن پر چھڑک دیا۔ سفوف کے چھڑکتے ہی پوشالی ناگن تڑپ کر اچھلی اور ریت پر بے ہوش ہو کر گر پڑی۔

مصری سپیرے نے فوراً اسے پکڑا اور پٹاری میں بند کر دیا۔ دھوپ کے ڈھلتے ہی سپیرا وہاں سے نکلا اور سیدھا بادشاہ کاباش کے محل کی طرف روانہ ہو گیا۔ سپیرے کو معلوم تھا کہ بادشاہ کے بڑے دشمن ہیں کیونکہ وہ وزیر کا بیٹا تھا اور تخت کے اصلی وارث کو قید میں ڈال کر خود تخت پر بیٹھ گیا تھا۔ وہ شہزادے کو قتل نہیں کرواتا کیوں کہ اس طرح سے وہ عوام میں بدنام ہو جاتا وہ کسی ایسے طریقے سے شہزادے کو ہلاک کرانا چاہتا تھا کہ سانپ بھی مر جائے اور لاٹھی بھی نہ ٹوٹے۔ لوگ یہی سمجھیں کہ شہزادہ اپنی قسمت سے مرا ہے۔ مصری سپیرا پوشالی ناگن کو لے کر سیدھا بادشاہ کی خدمت میں حاضر ہو گیا اور پوشالی ناگن والی پٹاری دکھا کر عرض کی:

"بادشاہ سلامت اس پٹاری میں ایک ایسی ناگن ہے جس کا کاٹا پانی نہیں مانگتا۔"

(بچوں کا ناول) ا ے ۔ حمید

خفیہ خزانے کا راز

بادشاہ کاباش نے وہ پٹاری سانپ سمیت سپیرے سے لے لی اور اسے انعام و اکرام دے کر رخصت کیا۔ جب سپیرا محل سے نکل گیا تو بادشاہ نے اپنے خاص آدمی کو اشارہ کیا کہ سپیرے کو قتل کردیا جائے تا کہ کوئی زہریلے سانپ کا گواہ باقی نہ رہے۔ مصری سپیرا ابھی محل سے تھوڑی دور ہی پہنچا تھا کہ چند گھڑ سوار آئے اور اسے وہیں قتل کر کے واپس چلے گئے۔ سچ ہے کہ جو کسی کے لیے گڑھا کھودتا ہے قدرت اس کے لیے کنواں تیار رکھتی ہے۔

بادشاہ نے سانپ والی پٹاری اپنے خاص آدمی کے حوالے کی اور کہا:

"اس میں بڑا زہریلا سانپ ہے۔ اس سانپ کو نیچے تہہ خانے میں لے جاکر شہزادے کی کوٹھری میں چھوڑ دو۔"

خاص آدمی پٹاری چھپاکر نیچے تہہ خانے میں لے گیا اور سانپ کو کوٹھری میں چھوڑ دیا۔ اس شہزادے کی عمر پندرہ سال تھی۔ وہ کوٹھری میں غم زدہ بیٹھا تھا کہ اچانک اسے سانپ کی پھنکار سنائی دی۔ اس نے دیکھا کہ سامنے دیوار کے پاس ایک سانپ پھن اٹھائے اسے گھور رہا ہے۔ شہزاد ڈر کر پیچھے ہٹا۔ پوشالی ناگن فوراً سمجھ گئی کہ اسے یہاں اس شہزادے کو ڈس کر ہلاک کرنے کی خاطر چھوڑا گیا ہے۔ پوشالی ایسا ہرگز نہیں کرسکتی تھی چونکہ وہ انسانی آواز میں بات کرسکتی تھی اس لیے اس نے کہا:

"میرے بھائی! گھبراؤ مت میں اگرچہ ناگن ہوں، مگر تمھیں کچھ نہیں کہوں گی میں نے معلوم کرلیا ہے کہ تم کون ہو اور مجھے یہاں تمھیں ڈسنے کے لیے چھوڑا گیا ہے۔"

شہزادے نے ایک سانپ کو انسانی آواز میں بات کرتے سنا تو حیران رہ

گیا بولا: "مگر تم تو سانپ ہو۔ تم انسانی آواز میں کیسے بول لیتے ہو؟"

پوشالی ناگن نے کہا: "یہ راز تمھاری سمجھ میں نہیں آئے گا۔ میں تمھیں یہاں سے نکالنا چاہتی ہوں۔ بتاؤ یہاں سے باہر جانے کا کوئی خفیہ راستہ ہے؟"

شہزادے نے کہا:

"اگر کوئی خفیہ راستہ ہوتا تو میں پہلے ہی یہاں سے نہ نکل گیا ہوتا۔"

پوشالی ناگن دیوار کے ساتھ رینگنے لگی۔

خفیہ خزانے کا راز

ناگن لڑکی پوشالی نے کوٹھری میں چاروں طرف دیکھا مگر اسے وہاں باہر نکلنے کا کوئی راستہ نہ ملا۔ کوٹھری کی دیواریں پتھریلی تھیں۔ پوشالی شہزادے کے پاس آکر کنڈلی مار کر بیٹھ گئی۔ شہزادے نے پوچھا "تم یہاں کیسے نکل آئی ہو اور سانپ ہو کر تم انسانوں کی طرح کیسے بات کرلیتی ہو؟" پوشالی نے جواب دیا:

"میں تم سے پہلے ہی کہہ چکی ہوں کہ میرا سانپ بن جانا اور انسان کی طرح بات کرنا قدرت کا ایک راز ہے جو میں ظاہر نہیں کرسکتی۔ باقی دوسری بات یہ ہے کہ مجھے بادشاہ نے یہاں تمہیں ڈسنے کے لیے بھیجا ہے مگر میں ظالم ناگن نہیں ہوں۔ مجھے تم پر رحم آتا ہے۔ کیونکہ تم ہی اس تخت کے وارث ہو۔"

اچانک پوشالی کے ذہن میں ایک ترکیب آگئی۔ اس نے شہزادے سے کہا:

"میں تمہیں جھوٹ موٹ ڈس لوں گی۔ میرے زہر سے تم مرو گے نہیں بلکہ تھوڑی دیر کے لیے بے ہوش ہو جاؤ گے۔ پھر یہ لوگ تمہاری لاش

باہر جنگل میں لے جاکر دفن کردیں گے۔ اس طرح سے تم یہاں سے نکلنے میں کامیاب ہوجاؤ گے۔"

شہزادے نے تشویش کے ساتھ کہا:

"مگر سپاہی تو مجھے دفن کردیں گے۔"

پوشالی بولی "میں انھیں ایسا نہیں کرنے دوں گی۔ تم بے فکر رہو۔"

ابھی وہ باتیں کر رہے تھے کہ راہداری میں قدموں کی آواز آئی۔

پوشالی نے شہزادے سے کہا:

"جلدی سے لیٹ جاؤ۔"

شہزادہ فوراً لیٹ گیا۔ پوشالی نے اس کی گردن پر تھوڑا سا ڈس لیا۔ اس کے جسم میں صرف اتنا ہی زہر ڈالا جس سے شہزادہ بے ہوش ہوگیا۔ کوٹھری میں چار سپاہی داخل ہوئے۔ ان کے ساتھ وزیر بھی تھا۔ انھوں نے شہزادے کی لاش کو اٹھالیا پوشالی سانپ کی شکل میں شہزادے کی قمیص کے نیچے چھپی ہوئی تھی۔ لاش کو بادشاہ کے خاص کمرے میں لے جایا گیا۔ بادشاہ نے شہزادے کی گردن پر سانپ کے ڈسنے کا نشان دیکھا تو اسے تسلی ہوگئی کہ شہزادہ مرگیا ہے۔ اس نے حکم دیا کہ شہزادے کو جنگل میں لے جاکر کسی ویران جگہ دفن کردیا جائے۔

سپاہی شہزادے کی لاش کو اٹھاکر جنگل میں لے گئے۔ انھوں نے زمین کھودنی شروع کی۔ پوشالی ناگن کی شکل میں شہزادے کی قمیص کے اندر سے رینگ کر باہر آگئی۔ اس نے سب سے پہلے ایک سپاہی کو ڈسا۔ وہ چیخ مار کر گرا اور وہیں مرگیا۔ دوسرے نے سانپ کو دیکھ لیا تھا۔ وہ تلوار کا وار کرنے

خفیہ خزانے کا راز

ہی والا تھا کہ پوشالی اچھل کر اس کی گردن سے لپٹ گئی اور اسے ڈس لیا۔ پوشالی کا زہر ایسا خطرناک تھا کہ خون میں شامل ہوتے ہی آدمی کا بدن بے حس ہو جاتا تھا۔ دوسرا سپاہی بھی گر پڑا۔ تیسرا بھاگ گیا۔ چوتھے نے سانپ پر دور سے خنجر پھینکا مگر پوشالی کو نہ لگا۔ پوشالی نے اسے بھی ڈس کر ہلاک کر دیا۔

تب پوشالی لڑکی کی شکل میں آگئی اور شہزادے کو ہوش میں لانے کی کوشش کرنے لگی۔ تھوڑی دیر بعد شہزادہ اٹھ کر بیٹھ گیا۔ پوشالی نے کہا۔

"شہزادے! یہاں سے بھاگ چلو' ایک سپاہی بچ کر نکل گیا ہے۔ ممکن ہے محل سے دوسرے سپاہی یہاں پہنچ جائیں۔"

شہزادہ بولا "مگر ہم کہاں جائیں گے؟"

پوشالی نے کہا "پہلے یہاں سے تو نکلتے ہیں۔ پھر دیکھا جائے گا۔"

اور دونوں راتوں رات وہاں سے نکل کر ایک پتھریلی وادی میں پہنچ گئے جہاں اونچے پتھریلے کناروں کے درمیان ایک گہرے پانی کی نہر بہہ رہی تھی۔ شہزادے نے پوشالی سے کہا:

"مجھے اتنا معلوم ہے کہ یہ نہر میری دودھ ماں کے گاؤں کو جاتی ہے۔ اس عورت نے مجھے دودھ پلایا تھا اور میں اسے اپنی ماں کی طرح پیار کرتا ہوں۔ ہم اس کے گاؤں چلے چلتے ہیں۔ وہ مجھے چھپا لے گی۔"

پوشالی نے کہا "ٹھیک ہے۔ تمہاری دودھ ماں کا گاؤں یہاں سے کتنی دور ہوگا؟"

شہزادے نے جواب دیا "ہم شام تک وہاں پہنچ جائیں گے۔"

وہ نہر کے کنارے کنارے آگے روانہ ہو گئے۔

ادھر جب بادشاہ کو معلوم ہوا کہ جو سپاہی شہزادے کی لاش کو دفن کرنے گئے تھے ان میں سے تین مر گئے ہیں تو اس نے وزیر کو وہاں تفتیش کے لیے بھیجا۔ وزیر نے آکر بتایا کہ تینوں سپاہی جنگل میں مرے پڑے ہیں اور شہزادے کی لاش غائب ہے۔ بادشاہ پریشان ہوا۔ اس نے وزیر کو حکم دیا:

"شہزادے کی تلاش میں سپاہی روانہ کرو۔ وہ جہاں بھی ہو۔ زندہ ہو یا مردہ' اس کا سر کاٹ کر میرے سامنے لاؤ۔"

وزیر نے دس بارہ سپاہیوں کو شہزادے کی تلاش میں روانہ کردیا۔

ادھر پوشالی اور شہزادہ نہر کے کنارے سفر کرتے ہوئے دوپہر کے وقت ایک مقام پر پہنچے جہاں پہاڑیوں کے اندر سرنگیں بنی ہوئی تھیں۔ ایک سرنگ میں نہر کا پانی داخل ہورہا تھا۔ یہاں انھوں نے منہ ہاتھ دھویا۔ پانی پیا اور بیٹھ کر آرام کررہے تھے کہ دور سے بادشاہ کے گھڑ سوار سپاہی آتے دکھائی دیے۔

شہزادے نے گھبرا کر کہا:

"پوشالی بہن! شاہی فوج کا دستہ میری تلاش میں آگیا ہے۔"

پوشالی نے دیکھا کہ سپاہی زیادہ تعداد میں تھے۔ وہ اگر ایک ایک کرکے بھی انھیں ڈسنا شروع کرے تو کوئی نہ کوئی سپاہی شہزادے پر تلوار کا وار کرکے اسے قتل کرسکتا تھا۔ اس نے پہاڑ کی اسی سرنگ کی طرف دیکھا جس میں نہر کا پانی داخل ہورہا تھا۔ اس نے شہزادے سے کہا:

"نہر میں اتر کر سرنگ میں داخل ہوجاؤ۔ میں تمھارے پیچھے پیچھے آتی ہوں۔"

شہزادہ بہادر لڑکا تھا۔ اس نے ندی میں چھلانگ لگادی اور سرنگ میں گھس گیا۔ پانی اس کے کاندھوں تک آتا تھا۔ اس کا سر سرنگ کی چھت سے ٹکرا رہا تھا۔ وہ پانی کی لہروں کے ساتھ قدم قدم سرنگ میں آگے بڑھنے لگا۔ پوشالی نے فوراً سانپ کی شکل اختیار کی اور وہ بھی نہر میں اتر گئی اور شہزادے کے پیچھے پیچھے پانی میں تیرنے لگی۔

سرنگ میں گھپ اندھیرا تھا۔ پوشالی نے شہزادے کو آواز دی:

"گھبرانا نہیں شہزادے، میں تمہارے پیچھے پیچھے آرہی ہوں۔"

فوج کے دستے نے شہزادے کو نہیں دیکھا تھا۔ وہ گھوڑے دوڑاتے ہوئے آگے کو نکل گئے۔ نہر سرنگ میں بہتی آگے جاکر پہاڑ کی دوسری طرف ایک وادی میں آجاتی تھی جہاں ایک نخلستان سا بنا ہوا تھا اور کھجور کے بڑے درخت تھے۔ پوشالی اور شہزادہ سرنگ میں سے نکل کر نخلستان میں آگئے۔ شہزادے نے چاروں طرف نگاہ ڈالی اور ایک ٹیلے کی طرف اشارہ کیا "پوشالی بہن! اس ٹیلے کے پیچھے میری دودھ ماں کا گاؤں ہے۔" پوشالی نے ٹیلے کا رُخ کیا۔ شام ہورہی تھی کہ وہ گاؤں میں آگئے۔ یہاں بادشاہ کے سپاہی پہلے ہی سے پہنچے ہوئے تھے اور گھر گھر تلاشی لی جارہی تھی۔

شہزادہ اور پوشالی ایک جگہ چھپ کر بیٹھ گئے۔ جب سپاہی واپس چلے گئے تو شہزادہ رات کے اندھیرے میں پوشالی کو لے کر اپنی دودھ ماں کے گھر آگیا۔

شہزادے کو دیکھ کر دودھ ماں بڑی خوش ہوئی بولی "اللہ کا شکر ہے کہ تم زندہ سلامت ہو۔ مگر بادشاہ کے سپاہی تمہاری تلاش میں ہیں۔ وہ یہاں پھر

خفیہ خزانے کا راز

آئیں گے۔ تم جس طرح بھی ہو اس ملک سے جان بچا کر نکل جاؤ۔"
پوشالی نے پوچھا:
"اماں! یہاں سے آگے کون سا ملک ہے؟"
دودھ ماں نے کہا" "آگے کلدانیوں کا ملک شروع ہوتا ہے جس پر رومن قوم کا قبضہ ہے۔ تم اس وقت سفر شروع کردو تو صبح تک پہنچ جاؤ گے۔" دودھ ماں نے انھیں دو گھوڑے دیے اور وہ کلدانیوں کے ملک کی طرف روانہ ہوگئے۔ وہاں دودھ ماں کا بھائی رہتا تھا۔ پوشالی نے دوسرے دن شہزادے کو دودھ بھائی کے حوالے کیا اور خود شہزاد اور سانچی کی تلاش میں واپس اصفہان شہر کی طرف چل پڑی۔

شہزاد ہمدان کی جانب جاتی شاہراہ کی ریت پر پیتل کے مینڈک کی شکل میں ابھی تک ویسے ہی پڑا تھا۔ ایک ہفتے بعد ادھر سے ایک قافلے کا گزر ہوا۔ یہ قافلہ اصفہان سے ہمدان جا رہا تھا۔ اس قافلے میں ایک مصری کاہن بھی سفر کر رہا تھا۔ اس کی نظر پیتل کے مینڈک پر پڑ گئی۔ وہ گھوڑے سے اترا۔ پیتل کے مینڈک کو اٹھایا تو اسے یوں محسوس ہوا جیسے مینڈک کا دل دھڑک رہا ہے۔ یہ کاہن جادو گر نہیں تھا مگر جادو کے علم کو تھوڑا بہت جانتا تھا۔ اسے فوراً شک ہوا کہ یہ کوئی عام پیتل کا مینڈک نہیں ہے۔ اس نے مینڈک کو اپنی گٹھری میں سنبھال کر رکھ لیا۔

قافلہ ہمدان پہنچا۔ مصری کاہن ہمدان میں ایک امیر کی حویلی میں ملازم تھا۔ اسی شہر میں اس کا ایک مصری دوست بھی رہتا تھا جو چھپ کر جادو ٹونا کرتا تھا کیونکہ ہمدان میں مسلمانوں کی حکومت تھی اور اس قسم کی فضول

باتوں کی وہاں اجازت نہیں تھی۔ مصری کاہن رات کو اپنے دوست کے گھر پہنچا۔ اسے پیتل کا مینڈک دکھایا اور کہا:

"عاطون! اس کو دیکھو' اگرچہ پیتل کا ہے مگر مجھے اس کا دل دھڑکتا محسوس ہوتا ہے۔"

عاطوان نے بھی محسوس کیا کہ مینڈک کا دل دھڑک رہا ہے۔ وہ بولا:

"اس پر کسی نے طلسم کیا ہوا ہے۔ تم اسے میرے پاس رہنے دو۔ چاند رات کو میں اس پر ایک خاص منتر پھونک کر اسے زندہ کردوں گا۔ یہ جو کچھ بھی ہوگا اپنی اصلی شکل میں واپس آجائے گا۔"

مصری کاہن پیتل کے مینڈک کو اپنے دوست عاطون کے پاس چھوڑ گیا۔ عاطون نے اپنے دوست کے ساتھ عیاری کی تھی۔ وہ جانتا تھا کہ پیتل کا یہ مینڈک بڑے کام کی چیز ہے اور اس کی مدد سے زمین کے نیچے دفن بڑے بڑے خزانوں کا پتا چلا سکے گا۔ صرف اس پر ایک خاص منتر پھونکنے کی ضرورت تھی۔

ساری رات عاطون پیتل کے مینڈک یعنی شہزاد پر خاص منتر پڑھ پڑھ کر پھونکتا رہا۔ جب اس کا طلسمی عمل پورا ہوگیا تو وہ اسے لے کر صبح صبح اس طرح صحرا میں نکل گیا جہاں قدیم یونانی بادشاہوں کے کھنڈر تھے۔ اسے یقین تھا کہ ان کھنڈروں میں کہیں نہ کہیں خزانہ ضرور دبا ہوا ہوگا۔ کھنڈر میں وہ ایک گرے ہوئے ستون کے پاس بیٹھ گیا۔ اس نے اس پیتل کے مینڈک کو جیب سے نکال کر زمین پر رکھا اور منتر پھونک کر کہا "جہاں خزانہ ہے وہاں جاکر بیٹھ جاؤ۔"

خفیہ خزانے کا راز

پیتل کا مینڈک اتنا سن کر پھدکتا ہوا ایک جگہ بیٹھ گیا۔ عاطون نے وہیں زمین کھودنی شروع کردی۔ اب ایسا اتفاق ہوا کہ اس جگہ کسی یونانی خزانے پر ایک زہریلا سانپ بیٹھا اس کی حفاظت کر رہا تھا۔ جونہی خزانے کے صندوق پر نظر پڑی عاطون خوشی سے اچھل پڑا۔ اس نے پتھر مار کر صندوق کا تالا توڑ دیا۔ پھر اس کا ڈھکنا اٹھایا ہی تھا کہ خزانے کے سیاہ سانپ نے پھنکار ماری۔ عاطون گھبرا کر پیچھے کو جھکا۔ سانپ اچھلا اور اس نے اچھل کر عاطون کی کلائی پر ڈس لیا۔ خزانے کے سانپ بڑے زہریلے ہوتے ہیں۔ ان کا زہر آدمی کو ایک سیکنڈ میں ہلاک کر دیتا ہے۔ عاطون کے ساتھ بھی ایسا ہی ہوا۔ وہ سانپ کے ڈسنے سے نیچے گر پڑا۔ اس سے پہلے کہ وہ کوئی منتر پڑھ کر سانپ کے کاٹے کا علاج کرتا اس کی ناک اور منہ سے جھاگ نکلنے لگا اور وہ تڑپ تڑپ کر وہیں مر گیا۔ پیتل کا مینڈک گڑھے کے باہر پڑا تھا۔

خزانے کا سانپ گڑھے سے باہر نکل آیا۔ اس کو پیتل کے مینڈک میں سے اپنی ناگن بہن پوشالی کی ہلکی ہلکی خوشبو آرہی تھی۔ خزانے کے سانپ نے مینڈک کو منہ میں پکڑا اور ایک پتھر پر رکھ دیا۔ پھر منہ سے پھنکار ماری۔ اس کے منہ سے نیلے رنگ کا دھواں نکل کر پیتل کے مینڈک پر پڑا۔ مینڈک دھوئیں میں گم ہوگیا۔ جب دھواں چھٹا تو پتھر پر مینڈک کی جگہ شہزاد پڑا تھا۔

خزانے کا سانپ پھن اٹھا کر شہزاد کے سامنے کھڑا ہوگیا۔ شہزاد نے آنکھیں کھول دیں۔ اس نے سانپ کو دیکھا تو وہ اسے پوشالی سمجھا اور بولا:

"پوشالی بہن! تم ہو؟ مجھے کیا ہوگیا تھا؟"

اب تو خزانے کے سانپ کو یقین ہوگیا کہ یہ لڑکا اس کی بہن کو جانتا ہے۔ کیونکہ اس نے پوشالی کا نام لیا تھا۔

خزانے کے سانپ نے انسانی آواز میں کہا:

"میں پوشالی کا بھائی ہوں۔ مگر تم کون ہو؟ اور پوشالی کہاں ہے؟"

شہزادے نے اسے اپنی ساری کہانی بیان کردی۔ خزانے کے سانپ نے عاطون کی پھولی ہوئی لاش کی طرف دیکھ کر کہا:

"یہ عیار آدمی تمھاری مدد سے خزانہ نکالنے آیا تھا۔ اس کو اپنی عیاری اور لالچ کی سزا مل گئی۔ لگتا ہے کہ میری بہن پوشالی ضرور کسی مصیبت میں پھنس گئی ہے۔" شہزاد بولا "تم فکر نہ کرو۔ میں ابھی اس کی تلاش میں نکلتا ہوں۔ وہ جہاں بھی ہوگی میں اسے ڈھونڈ کر تمھارے پاس ضرور لاؤں گا۔"

خزانے کے سانپ نے کہا:

"میں تمھارا شکر گزار ہوں گا۔ میں خزانے کی حفاظت پر مامور ہوں۔ یہاں سے نہیں جاسکتا۔ میں خزانے کے صندوق میں داخل ہوجاتا ہوں۔ تم اوپر مٹی ڈال کر گڑھے کو بھردو۔"

خزانے کا سانپ گڑھے میں اترا اور صندوق میں ہیرے جواہرات کے درمیان بیٹھ گیا۔ شہزاد نے صندوق کا ڈھکنا بند کرکے گڑھے کو مٹی سے بھردیا۔ پھر چلتا ہوا شاہراہ پر آگیا۔ دور ایک شہر کی فصیل پر نظر پڑی۔ وہ اس طرف چلنے لگا۔ شہر میں آکر اسے پتا چلا کہ وہ کلدانیوں کے شہر میں ہے جہاں رومیوں کا قبضہ ہے۔ شہزاد اگلے روز تک ایک قافلے میں شامل ہوکر اصفہان

خفیہ خزانے کا راز

کی طرف روانہ ہوگیا۔ اسے امید تھی کہ پوشالی اصفہان میں پہنچ چکی ہوگی۔

پوشالی شہزاد سے ایک روز پہلے اصفہان پہنچ گئی تھی اور سرائے میں اس کا انتظار کر رہی تھی۔ جب شہزاد کو دیکھا تو بڑی خوشی ہوئی۔ دونوں نے ایک دوسرے کو اپنی اپنی کہانی سنائی۔ شہزاد نے کہا:

"پوشالی! مجھے سامری جادوگر سے اپنا تعویذ واپس لینا ہے۔ جب تک تعویذ میرے قبضے میں نہیں آجاتا نہ سانچی میرے پاس آسکتا ہے اور نہ میں واپس اپنے گھر جاسکتا ہوں۔"

پوشالی نے جواب دیا:

"میں تمہیں واپس تمہارے گھر پہنچانے کی کوشش ضرور کرسکتی ہوں جیسا کہ پہلے بھی تمہیں لے گئی تھی، مگر خطرہ ہے کہ اس بار کہیں ہم کسی دوسری دنیا میں نہ نکل جائیں۔ ایک ایسی دُنیا میں کہ جہاں سے ہم کبھی واپس نہ آسکیں۔"

شہزاد نے مایوسی سے کہا:

"نہیں پوشالی، میں یہ خطرہ مول نہیں لے سکتا۔ وطن میں میرے ماں باپ اور بہن ہے۔ مجھے بہر حال ان کے پاس واپس پہنچنا ہے۔"

پوشالی بھی شہزاد کے بارے میں فکرمند تھی۔ کہنے لگی:

"لیکن شہزاد ہم سانچی کو کہاں تلاش کریں؟ اللہ جانے وہ کہاں غائب ہوگیا ہے۔"

شہزاد نے کہا۔"اگر تعویذ سامری کے پاس ہے تو پھر سانچی بھی اس کے قبضے میں ہوگا۔ وہ سانچی کو ہلاک تو نہیں کرسکے گا مگر اس نے اسے کسی ایسی

جگہ پھینک دیا ہوگا جہاں سے سامری کے خیال میں وہ کبھی نہیں نکل سکے گا۔"

"ہمیں کیسے پتا چلے گا کہ سانچی کو سامری نے کہاں پھینک رکھا ہے۔" پوشالی نے کہا۔

شہزاد نے پوشالی کو اس کے بھائی خزانے کے سانپ کا پیغام پہنچا دیا تھا کہ وہ اس کے بارے میں پریشان ہے۔ پوشالی نے یہی جواب دیا تھا کہ وقت آنے پر اس سے ملنے ضرور جائے گی۔

اگلے دن پوشالی سرائے میں ہی رہی اور شہزاد شیخ ابن سینا کی خدمت میں حاضری دینے اور علم و حکمت کی باتیں سننے چل دیا۔ شیخ ابن سینا نے شہزاد کو دیکھا تو پوچھا کہ وہ اتنے دن کہاں رہا؟

شہزاد کیا جواب دیتا۔ بس یہی کہا کہ اپنی بہن کے پاس ہی تھا۔ وہیں دیر لگ گئی۔ اس روز شیخ ابن سینا کو ہیئت کے موضوع پر درس دینا تھا۔ جب انھوں نے درس شروع کیا تو شہزاد بھی دوسرے طالب علموں کے ساتھ ادب سے بیٹھ گیا۔ شیخ ابن سینا فرمانے لگے:

"جب انسان نے پہلی بار زمین پر آکر اپنی آنکھیں کھولیں تو وہ اپنے اوپر ایک وسیع کائنات کو دیکھ کر حیران رہ گیا۔ رات کو ستارے چمکتے تو وہ انہیں حیرت سے تکتا۔ دن کو سورج نکلتا تو وہ خوش ہوتا۔ شروع شروع میں انسان کا علم بڑا محدود تھا چنانچہ اس نے ستاروں، دریاؤں، پہاڑوں اور درختوں کی پوجا شروع کردی۔ اسلام نے ان چیزوں کی پوجا سے بنی نوع انسان کو نجات دلائی اور اسے صرف ایک اللہ کی عبادت کی راہ دکھائی جو نیکی، توحید

(بچوں کا ناول)   اے۔ حمید

اور فلاح کی راہ ہے۔ تب انسان کے علم میں اضافہ ہوگیا اور وہ آسمان پر چمکنے والے چاند ستاروں کے بارے میں مزید معلومات حاصل کرتا چلا گیا۔ قدیم یونانیوں کو دھوکا ہوا۔ انھوں نے کہا کہ سورج اور چاند ستارے زمین کے گرد گھومتے ہیں' پھر رومی آئے۔ ان میں سے ایک نے یہ نظریہ پیش کیا کہ سورج نہیں بلکہ زمین سورج کے گرد گھومتی ہے۔ پھر دین اسلام کی روشنی پھیلی اور اسلام نے انسان کو بتایا کہ سورج چاند ستارے اللہ تعالیٰ کی واضح نشانیاں ہیں اور اللہ تعالیٰ نے زمین کو انسان کے واسطے ہر قسم کی نعمتوں اور خزانوں سے مالا مال کر رکھا ہے۔ مسلمان عالموں نے اس سلسلے میں بے پناہ تحقیقی کام کیا۔ اس وقت اندلس میں بھی مسلمان عالم دن رات تجربوں اور تحقیق میں مصروف ہیں' میرے استاد محترم عبداللہ الناتلی نے فلسفہ اور علم ہندسہ کے علاوہ فلکیات یعنی کائنات کے علوم پر جو قابل قدر کام کیا ہے وہ سب کے سامنے ہے اور اس سے رومی بھی فائدہ اٹھا رہے ہیں۔"

شہزاد نے سوال کیا"شیخ محترم! ہمیں کچھ ستاروں کے بارے میں بتائیے۔" شیخ ابن سینا ذرا مسکرائے۔ پھر فرمایا:

"میرے عزیز! تمھیں میرے درس میں زیادہ بیٹھنے کا موقع نہیں ملا۔ ورنہ میں اس موضوع پر بہت کچھ اپنے طلبہ کو بتا چکا ہوں۔ حقیقت یہ ہے کہ ستارے ہمارے سورج کی طرح دہکتے ہوئے کرے یا گولے ہیں۔ سورج کا فاصلہ ہماری زمین سے زیادہ نہیں اس لیے وہ ہمیں بڑا دکھائی دیتا ہے۔ جب کہ ستارے ہم سے اتنی دور واقع ہیں کہ وہ ہمیں ننھے ننھے دکھائی دیتے ہیں۔ دن کے وقت وہ سورج کی روشنی کی وجہ سے ہماری نگاہوں سے اوجھل

ہو جاتے ہیں۔ جونہی سورج غروب ہوتا ہے وہ ہمیں چمکتے ہوئے نظر آنے لگتے ہیں۔ یاد رکھو' ان ستاروں میں کئی ستارے اتنے بڑے ہیں کہ ہماری کئی زمینیں ان میں سما سکتی ہیں۔ اس کے بعد سیارے ہیں۔ سیارہ جیسا کہ نام سے ظاہر ہے کہ اس لفظ کے معنی ہیں چلنے پھرنے والا۔ سیارے آسمان پر چلتے پھرتے رہتے ہیں اس لیے انھیں سیارہ کہا جاتا ہے۔ مگر وہ ایک طے شدہ راستے سے ادھر ادھر نہیں ہوتے۔ اس کی وجہ یہ ہے کہ ان کا ایک مرکز ہے اور باہمی کشش نے انھیں ایک دوسرے سے باندھ رکھا ہے۔ یہ بھی اللہ کی شان ہے کہ یہ سیارے کروڑوں اربوں سال سے ایک ہی راہ پر گردش کر رہے ہیں اور اپنے مرکز سے تھوڑا سا بھی ادھر ادھر نہیں ہٹتے۔ ورنہ دنیا میں تباہی مچ جائے۔"

شیخ ابن سینا نے شہزاد کی طرف دیکھتے ہوئے کہا:

"میرا خیال ہے کہ اب تم سیارے اور ستارے کا فرق سمجھ گئے ہو گے۔" شہزاد نے ادب سے عرض کی "جی ہاں استاد محترم!"

شیخ ابن سینا نے شہزاد کو شاباشی دی اور طلبہ کی طرف متوجہ ہو کر فرمایا:

"مجھے علم کیمیا کے بارے میں ایک اہم بات یاد آگئی ہے۔ میں چاہتا ہوں کہ وہ بھی بیان کرتا جاؤں۔ انسان کے بدن کو اللہ تعالیٰ کی طرف سے ایک خاص قوت عطا کر دی گئی ہے جو ہوا پانی اور دوسری وجوہات سے پیدا ہونے والی بیماریوں کے خلاف جنگ کرتی ہے۔ اسے ہم قوت مدافعت کہتے ہیں۔

مدافعت کا مطلب ہے بچانا، محفوظ رکھنا۔ اگر انسان کے جسم کے اندر کی یہ طاقت کمزور پڑ جائے تو بیماری کی حالت میں دوا اس پر کم اثر کرتی ہے۔ علم کیمیا کا کام صرف جڑی بوٹیوں کی تحقیق اور ان کی مدد سے نئی دواؤں کو تیار کرنا ہی نہیں بلکہ ایسے اجزا کی تلاش اور دریافت کرنا بھی ہے جو ہمارے بدن میں بیماری کے خلاف کام کرنے والی دفاعی قوت کو مضبوط کریں۔ آدمی محض اس وجہ سے بیمار پڑجاتے ہیں کہ ان کے اندر بعض اجزا کی کمی ہوجاتی ہے۔ ان کی بیماری کا علاج ہم غذا اور صحت کے ابتدائی اصولوں کی مدد سے کرتے ہیں۔ اگر انسان سادہ غذا استعمال کرے تو اس پر بیماری کا حملہ بہت کم ہوتا ہے۔"

اس کے بعد شیخ ابن سینا نے اپنی کتاب "القانون" کی جو وہ لکھ رہے تھے پہلی جلد کے ایک باب کے چند اوراق پڑھ کر طلبہ کو سنائے اور یوں درس کا وقت ختم ہوگیا۔ شیخ ابن سینا نے شہزاد سے اس کے دوست کے بارے میں پوچھا کہ وہ یعنی سانچی اس کے ساتھ کیوں نہیں آیا؟ شہزاد کے دل میں آئی کہ وہ سانچی کے بارے میں شیخ ابن سینا کو صاف صاف بتا دے کہ وہ ایک مسلمان چینی لڑکا ہے مگر پھر اسے سانچی ہی کی شرط یاد آگئی کہ اپنے اور میرے بارے میں کسی کو کچھ نہ بتانا ورنہ تمہارا ماضی کا سفر اور نامور سائنس دانوں سے ملنے کا سلسلہ خطرے میں پڑجائے گا۔

"استاد محترم! وہ اپنے شہر گیا ہوا ہے۔" شیخ ابن سینا مسکراتے ہوئے اپنے کمرے کی طرف تشریف لے گئے۔ شہزاد بھی سرائے کی طرف چل دیا۔ یہاں پوشالی اس کے انتظار میں بیٹھی تھی۔ انہوں نے کھانا کھایا اور پھر سانچی

اور سانچی کے تعویذ کے بارے میں گفتگو کرنے لگے۔ پوشالی کہنے لگی:

"شہزاد! مجھے ایک خیال آیا ہے۔ کیوں نہ میں اپنے بھائی یعنی خزانے کے سانپ سے مشورہ کروں۔ مجھے یقین ہے وہ ہمیں سانچی نہ سہی مگر سانچی کے تعویذ کے بارے میں ضرور کچھ نہ کچھ بتائے گا۔"

"مگر وہ تو صدیوں سے زمین کے اندر خزانے میں بند ہے۔ وہ کیا بتائے گا۔" شہزاد نے کہا:

پوشالی نے کہا "تم سانپوں کی دنیا سے واقف نہیں ہو۔ ہماری دنیا بڑی وسیع ہوتی ہے۔ ہم اگرچہ زمین کے اندر رہتے ہیں، مگر ہمیں زمین کے اندر اور اوپر کی ایک ایک چیز کا علم ہوتا ہے۔ میرا دل کہتا ہے کہ میرا بھائی ضرور کوئی فائدے والا مشورہ دے گا۔"

"تو پھر چلو اس کے پاس چلتے ہیں۔" شہزاد بولا "مجھے وہ جگہ معلوم ہے جہاں تمہارا بھائی خزانے میں رہتا ہے۔ دوسرے دن انھیں کلدان جانے والا ایک قافلہ مل گیا۔ پوشالی اور شہزاد اس کے ساتھ ہو گئے۔ چار دن کے سفر کے بعد وہ کلدان شہر پہنچ گئے۔ وہاں سے شہزاد نے پوشالی کو ساتھ لیا اور ویران کھنڈر والے میدان کی طرف چل پڑا۔

زندہ مردوں کی بستی

کھنڈر کے گڑھے میں خزانے کا سانپ موجود تھا۔

اس نے فضا میں اپنی بہن پوشالی کی خوشبو کو سونگھ لیا۔ وہ سمجھ گیا کہ اس کی بہن اسی سے ملنے آرہی ہے۔ وہ جواہرات سے بھرے ہوئے صندوق میں سے نکل کر گڑھے سے باہر آگیا۔ پوشالی نے بھی اپنے بڑے بھائی کے جسم سے نکلنے والی خاص شعاعوں کو محسوس کرلیا تھا۔ جونہی وہ اپنے بھائی کے سامنے آئی خزانے کا سانپ بھی انسانی شکل میں آگیا۔ شہزاد نے دیکھا کہ وہ پکی عمر کا ایک سنجیدہ آدمی ہے جس کا لباس سیاہ ہے۔ وہ بھی پوشالی کی طرح آنکھیں نہیں جھپکتا تھا۔ اس نے اپنی بہن کے سرپر شفقت سے ہاتھ رکھ دیا اور کہا:

"عزیز بہن! ایک مدت کے بعد تمہیں دیکھ کر مجھے خوشی ہوئی ہے۔" پھر اس نے شہزاد کی طرف دیکھا اور کہا:

"دوست! میں تمہارا شکریہ ادا کرتا ہوں کیونکہ تمہاری وجہ سے میں اپنی بہن سے مل سکا ہوں۔"

وہ تینوں ویسے ہی بیٹھ گئے۔ پوشالی نے کہا:

"پیارے بھائی! میں ایک خاص کام لے کر تمھارے پاس آئی ہوں۔ مجھے یقین ہے کہ تم ہماری مدد کرو گے۔ پوشالی کا بھائی بولا:

"اگر وہ کام میرے اختیار میں ہوا تو میں ضرور تمھاری مدد کروں گا۔"

تب شہزاد نے پوشالی کے بھائی سے ساری کہانی بیان کرڈالی اور کہا کہ سانچی کا تعویذ سامری کے جادوگر نے چھین لیا ہے۔ سانچی کا کچھ پتا نہیں کہ وہ کہاں ہے۔ پوشالی نے شہزاد کی بات آگے بڑھاتے ہوئے کہا:

"جب تک ہمیں سانچی کا تعویذ نہیں ملتا شہزاد اپنے زمانے میں اپنے گھر واپس نہیں جاسکتا۔ یہ تو سو سال آگے کے زمانے کا سفر ہے۔ میں ایک بار اسے واپس لے گئی تھی مگر اب لے جاتے ہوئے خطرہ محسوس کر رہی ہوں کہ کہیں ہم دونوں کسی اور ہی زمانے میں نہ پہنچ جائیں۔" پوشالی کا بھائی بڑے غور سے ان کی باتیں سن رہا تھا۔ جب شہزاد اور پوشالی نے بات ختم کرلی تو اس نے پوچھا:

"میں اس سلسلے میں تمھاری کیا مدد کرسکتا ہوں میری بہن؟" پوشالی نے کہا: "کیا تم ہمیں سانچی یا اس کے تعویذ کا کچھ اتا پتا بتاسکتے ہو؟ میرا مطلب یہ ہے کہ زمین کے اندر رہنے سے تم ان جادوگروں کے طلسم کی شعاعوں کو ضرور محسوس کرتے ہوگے اور تم بتاسکتے ہو کہ وہ کہاں اور کس جگہ پر ہوں گے۔" پوشالی کے بھائی نے کچھ دیر خاموش رہنے کے بعد کہا:

"سامری اور سانچی کا مجھے کچھ علم نہیں کہ وہ کہاں پر ہیں لیکن میں اس جادوگر کا پتا تمھیں بتاسکتا ہوں جس کے پاس سانچی کا تعویذ اس وقت بھی محفوظ پڑا ہوا ہے۔"

شہزاد نے جلدی سے کہا:

"بھائی جان! آپ ہمیں اسی جادوگر کا پتا بتادیں۔ تعویذ مل گیا تو سانچی بھی ہمیں ضرور مل جائے گا۔"

پوشالی نے بھی شہزاد کی بات کی تائید کی۔ خزانے کے سانپ اور پوشالی کے بھائی نے کہا:

"یہاں سے جنوب کی طرف افریقہ کا ملک ہے۔ اس ملک کی جنوبی تکون جہاں سمندر کے ساتھ جا ملتی ہے وہاں گھنے جنگل میں ایک لال ستون بنا ہوا ہے جو دور سے نظر آتا ہے۔ اس ستون کے قریب ایک بہت بڑا درخت ہے جس کی جڑوں میں ایک خفیہ سرنگ زمین کے اندر جاتی ہے۔ یہاں زمین کے اندر اس جادوگر کی مردوں کی بستی ہے۔ یہ کافر مردے ہیں جو اپنی اپنی قبروں میں دن بھر سوئے رہتے ہیں اور رات کو جادوگر کے حکم سے قبروں سے نکل کر اس کو سلام کرتے ہیں اور دوبارہ اپنی اپنی قبروں میں واپس چلے جاتے ہیں۔ سانچی کا تعویذ اس جادوگر نے کسی خفیہ جگہ پر رکھا ہوا ہے جس کے بارے میں وہاں پہنچ کر تمہیں خود معلوم کرنا ہوگا۔ لیکن ایک بات کا خیال رہے کہ اس بدکردار جادوگر کا جادو بڑا خطرناک ہے اور کوئی اس کے جادو سے نہیں بچ سکتا۔"

شہزاد نے سینے پر ہاتھ رکھ کر کہا:

"میرا دل ہر وقت اللہ اور اس کے رسول صلی اللہ علیہ وسلم کا کلمہ پڑھتا رہتا ہے۔ مجھ پر کسی جادو کا اثر نہیں ہو سکتا۔"

پوشالی کے بھائی نے کہا:

"تم ٹھیک کہتے ہو۔ جب سے اسلام کی روشنی دنیا میں پھیلنی شروع ہوئی ہے دنیا سے وہم اور طلسم اور بُت پرستی جیسی مذموم رسمیں ختم ہو گئی ہیں اور جادوگر بھی اسی لیے زمین کے اندر چلے گئے ہیں۔ جس کے دل میں اللہ اور اس کے نبی پاک صلی اللہ علیہ وسلم کا خیال ہو اور جو سچا مسلمان ہو اس پر دنیا کا کوئی طلسم اثر نہیں کرتا۔ بلکہ اس سے جادوگر اور شیطان بھی ڈرتا ہے۔ مگر میرے دوست! اگر کسی لمحے تمہارا دل اللہ کی یاد، اس کے خیال سے غافل ہوگیا تو تم پر بھی جادوگر کا جادو چل جائے گا اس لیے اپنے دل کو اللہ کے خیال سے کبھی غافل نہ رکھنا۔ مجھے یقین ہے تم سانپ کا تعویذ حاصل کرنے میں کامیاب ہو جاؤ گے۔"

پوشالی نے کہا:

"اچھا بھائی جان! اب ہمیں اجازت دیں۔" پوشالی کے بھائی نے دونوں کے لیے دعا کی اور سانپ بن کر اپنے خزانے میں واپس چلا گیا۔ شہزاد نے پوشالی سے کہا: "پوشالی بہن! اب ہمیں دیر نہیں کرنی چاہیے یہاں سے سیدھا ملک افریقہ کی طرف روانہ ہو جانا چاہیے۔ اگرچہ یہ ایک خطرناک اور لمبا سفر ہے لیکن ہم خطروں کا مقابلہ کرنے کے عادی ہیں۔" پوشالی نے شہزاد کی ہاں میں ہاں ملاتے ہوئے کہا:

"اللہ ہمارا نگہبان ہے بلکہ یوں کہنا چاہیے کہ جو اپنی مدد آپ کرتے ہیں اللہ بھی ان کی مدد کرتا ہے۔ چلو کلدان شہر واپس چلتے ہیں۔ وہاں سے ہمیں افریقہ جانے والا کوئی نہ کوئی قافلہ مل جائے گا۔"

کلدان شہر میں پوشالی اور شہزاد کو ایک ہفتہ گزارنا پڑا۔ اس کے بعد

(بچوں کا ناول) اے۔ حمید

انھیں افریقہ جانے والا قافلہ مل گیا اور افریقہ کی طرف روانہ ہوگئے۔ یہ بڑا طویل سفر تھا۔ قافلہ بیس روز کے سفر کے بعد افریقہ کے جنگلوں میں داخل ہوا۔ یہ قافلہ افریقہ کے جنوب کی جانب سمندری ساحل کے ساتھ ساتھ سفر کررہاتھا۔ یونہی سفر کرتے کرتے شہزاد اور پوشالی جنوبی افریقہ کی نچلی تکون کے ایک قدیم شہر میں پہنچ گئے۔ یہاں ایک سرائے میں انھوں نے دو دن قیام کیا اور ایک بوڑھے حبشی سے سرخ ستون کے بارے میں معلومات حاصل کیں۔ اس بزرگ حبشی نے کہا"تم اس موت کے ستون کی طرف کیوں جارہے ہو؟ اس طرف جو کوئی گیا پھر واپس نہیں آیا۔ کیا تم کسی خفیہ خزانے کی تلاش میں ہو؟ اگر ایسی بات ہے تو اپنی جان پر ترس کھاؤ اور یہیں سے واپس چلے جاؤ کیونکہ وہاں جاؤ گے تو تمھاری لاشیں بھی نہیں ملیں گی۔"

شہزادنے کہا"آپ کی ہمدردی کا شکریہ باباجی۔ مگر ہم تو صرف معلومات حاصل کرنے کے لیے پوچھ رہے تھے۔ ہم بھلا موت کے منہ میں کیوں جائیں گے۔"

شہزاد اور پوشالی نے موت کےستون تک کی ساری معلومات ذہن میں بٹھالی تھیں۔اس رات انھوں نے سرائے میں آرام کیا اور صبح منہ اندھیرے موت کے ستون کی تلاش میں ایک گھنے جنگل میں داخل ہوگئے۔ یہ جنگل اتنا گھنا تھا کہ وہاں گھوڑے نہیں چل سکتے تھے چنانچہ وہ پیدل ہی جارہے تھے۔ کئی جگہوں پر انھیں جھاڑیاں ہٹاکر راستہ بنانا پڑتا۔ دوپہر تک وہ چلتے گئے۔ دوپہر کو انھوں نے ایک جگہ تھوڑی دیر آرام کیا اور پھر سفر پر چل پڑے۔ چلتے چلتے رات ہوگئی۔ جنگل میں اندھیرا چھا گیا۔ جنگلی درندوں کی آوازیں

آنے لگیں۔ پوشالی نے کہا "شہزاد بھائی! بہتر یہ ہے کہ تم کسی درخت پر چڑھ جاؤ۔ وہاں آرام کرنے کے لیے جگہ بنالو۔ میں سانپ کی شکل میں تمہارے پاس تمہاری حفاظت کروں گی۔" شہزاد نے کہا:

"اگر تم سانپ کی شکل میں میری حفاظت کروگی تو مجھے درخت پر چڑھنے کی کیا ضرورت ہے۔ میں یہیں درخت کے نیچے سوجاتا ہوں۔"

پوشالی نے کچھ سوچ کر کہا "ٹھیک ہے یہیں سوجاؤ۔" شہزاد نے ایک جگہ گھاس کو صاف کیا اور درخت سے ٹیک لگا کر لیٹ گیا پوشالی نے ناگن کی شکل اختیار کی اور قریب ہی کنڈلی مار کر بیٹھ گئی۔ شہزاد سخت تھکا ہوا تھا۔ بہت جلد وہ سوگیا۔ پوشالی کنڈلی مارے بیٹھی تھی۔ آدھی رات کے وقت اس نے فضا میں ایک خاص قسم کی بُو محسوس کی۔ اس نے جلدی سے پھن اٹھالیا اور چاروں طرف سر گھما کر دیکھنے لگی۔ اسے جھاڑیوں میں لال رنگ کی دو چھوٹی چھوٹی آنکھیں انگاروں کی طرف چمکتی نظر آئیں پھر ایک بہت بڑے سر والا اژدہا سانپ جھاڑیوں سے نکل کر اس کے پاس آگیا۔ پوشالی نے پھن کو جھکا کر اژدہے کو سلام کیا اور کہا "یہ میرا بھائی ہے۔ ہم ایک خاص مہم پر موت کے ستون کی طرف سفر کررہے ہیں۔" اژدہے نے کہا:

"بیٹی! میں اس غرض سے تمہارے پاس آیا ہوں کہ تمہیں اس طرف جانے سے روکوں۔ وہاں تم تو شاید زندہ بچ جاؤ مگر تمہارا بھائی زندہ نہیں بچے گا۔ وہ مردوں کی بستی ہے اور وہاں جو انسان جاتا ہے اس کی قبر پہلے سے تیار ہوتی ہے۔"

پوشالی نے کہا "مگر ہمارا وہاں جانا بہت ضروری ہے۔" اس پر اژدہے

نے کہا" تمہارا اللہ نگہبان ہو۔ میں تمہارے لیے دعا ہی کر سکتا ہوں بیٹی۔"

پھر وہ جدھر سے آیا تھا ادھر چلا گیا۔ پوشالی رات بھر پہرہ دیتی رہی۔ شہزاد سوتا رہا۔ صبح ہوئی تو شہزاد بیدار ہوا۔ پوشالی نے اسے اژدہے کے بارے میں کچھ نہ بتایا اور دونوں بہن بھائی اپنے سفر پر روانہ ہوگئے۔ دن بھر وہ جنگلوں میں سفر کرتے رہے۔ دن ڈھلنے لگا تو شہزاد نے ایک ٹیلے کو دیکھ کر کہا" پوشالی بہن! اسی ٹیلے کی نشانی تمہارے بھائی نے بتائی تھی۔" وہ ٹیلے پر چڑھ گئے۔ چوٹی پر گئے تو انھیں قریب ہی درختوں کے اوپر باہر کو نکلا ہوا سرخ ستون دکھائی دیا۔ شہزاد نے خوش ہوکر کہا" پوشالی بہن! ہم موت کے ستون کے پاس آگئے ہیں۔" پوشالی اس وقت لڑکی کی شکل میں تھی۔ کہنے لگی:

"شہزاد! میرا خیال ہے تم اسی جگہ ٹھیرو۔ میں پہلے وہاں جاکر حالات معلوم کرتی ہوں۔" شہزاد بولا" ٹھیک ہے مگر میں یہاں نہیں بلکہ موت کے ستون کے پاس کسی جگہ چھپ جاؤں گا تاکہ میں تمھیں مردوں کی بستی میں داخل ہوتے دیکھ سکوں۔" پوشالی شہزاد کو لے کر موت کے ستون کے قریب آئی۔ پھر اسے وہیں روک دیا اور کہا:

"وہ سامنے درخت ہے جس کی جڑوں کے اندر سے نیچے جادوگر کی مردوں کی بستی کو راستہ جاتا ہے۔ تم یہیں چھپ کر بیٹھ جاؤ۔ میں حالات کا جائزہ لے کر جلد ہی واپس آجاؤں گی۔"

شہزاد وہیں جھاڑیوں کے پیچھے بیٹھ گیا۔ پوشالی نے سانپ کی شکل اختیار کی اور درخت کی طرف رینگنے لگی۔ یہ بہت بڑا درخت تھا اور اس کا

تنا کافی پھیلاؤ والا تھا۔ پوشالی نے درخت کے گرد ایک چکر لگایا۔ ایک جگہ اسے سانپ کا بِل نظر آگیا۔ وہ اس میں سے گزر کر نیچے درخت کی جڑوں میں پہنچ گئی۔ یہاں درخت کی جڑیں ایک دوسرے کو کاٹتی ہوئی زمین کے اندر دور دور تک پھیلی ہوئی تھیں۔ پوشالی خاموشی سے رینگتی ان جڑوں کے نیچے سے گزرتی ایک سُرنگ میں آگئی۔ سُرنگ تنگ تھی۔ وہ اس میں داخل ہوگئی۔ جہاں جاکر سُرنگ ختم ہوئی وہاں آگے ایک احاطہ تھا جس میں ایک دوسرے کے ساتھ ساتھ پچاس کے قریب قبریں بنی ہوئی تھیں۔ یہ ساری قبریں پرانی ٹوٹی پھوٹی تھیں اور ان پر سوکھی ٹہنیوں والے درختوں کی کانٹے دار ٹہنیاں جھکی ہوئی تھیں۔ یہ درخت مکڑی کے جالوں سے بھرے ہوئے تھے۔ کسی قبر پر کوئی کتبہ نہیں لگا تھا۔ پوشالی بڑے غور سے ان قبروں کو تک رہی تھی۔ ابھی تک اس پر کسی جادو کا حملہ نہیں ہوا تھا۔ جونہی وہ آگے بڑھی تڑپ کر زمین سے دس فیٹ اوپر اچھلی اور جب دوبارہ زمین پر گری تو وہ سانپ کے بجائے لڑکی کی شکل میں تھی اور اسے کوئی ہوش نہیں رہا تھا۔

اس لمحے قبروں کے پیچھے سے جادوگر نمودار ہوا۔ اس کے سر کے بالوں میں مکڑیوں نے جالا تان رکھا تھا۔ اس کے گلے میں سانپی کا تعویذ پڑا تھا۔ وہ بے ہوش پوشالی کے قریب آیا۔ اسے جھک کر غور سے دیکھا اور غراتے ہوئے بولا "میں جانتا ہوں تُو کس لیے یہاں آئی تھی۔ اب تُو قیامت تک یہاں سے باہر نہ نکل سکے گی۔" یہ کہہ کر جادوگر اسے گھسیٹتا ہوا قبروں کی طرف لے گیا، وہاں ایک خالی قبر پہلے سے تیار تھی۔ جادوگر نے پوشالی کو قبر میں پھینکا اور اوپر سے اسے بند کرکے اینٹیں جمادیں۔ پھر ایک فاتحانہ

قہقہہ لگا کر اپنے تعویذ کو پیار کرتا ہوا واپس پر اسرار درختوں کے پیچھے جا کر گم ہو گیا۔

شہزاد باہر جھاڑیوں میں دبکا بیٹھا پوشالی کی واپسی کا انتظار کر رہا تھا۔ جب کافی دیر گزر گئی اور پوشالی واپس نہ آئی تو اسے فکر ہوئی کہ کہیں وہ کسی مصیبت میں نہ پھنس گئی ہو۔ وہ اتنی دیر نہیں لگا سکتی تھی۔ شہزاد نے اللہ کا نام لیا اور جھاڑیوں سے نکل کر گنجان درخت کے تنے میں اتر کر تنگ و تاریک سرنگ میں داخل ہو گیا۔ وہ دل میں کلمہ شریف کا ورد کر رہا تھا۔ اس کے دل میں سوائے اللہ کے اور کسی کا خوف یا خیال نہیں رہا تھا۔ وہ سُرنگ میں آگے بڑھتا گیا۔ سرنگ مردوں کی بستی یعنی قبرستان میں نکل آئی۔ شہزاد نے اپنے سامنے شکستہ قبروں کو دیکھا۔ ان پر مکڑی کے جالوں میں لپٹے ہوئے درختوں کی سوکھی ٹہنیاں جھکی ہوئی تھیں۔ ایسا ڈرا دینے والا قبرستان شہزاد نے پہلے کبھی نہیں دیکھا تھا۔ وہ قبروں کی طرف بڑھا۔ جونہی وہ طلسمی حصار کی لکیر پر پہنچا اس کے بدن میں سنسنی سی دوڑ گئی۔ جادوگر کے طلسم نے اس پر حملہ کر دیا تھا مگر شہزاد پر اس کا کوئی اثر نہیں ہوا تھا۔ کیونکہ اس کے دل میں سوائے اللہ کے اور کسی کا خوف نہیں رہا تھا اور زبان پر کلمہ شریف جاری تھا۔

شہزاد سمجھ گیا کہ وہ طلسمی حصار میں داخل ہو گیا ہے۔ اس پر جادو کا اثر نہیں ہوا۔ وہ قبروں کے درمیان آ کر قبروں کو غور سے دیکھنے لگا۔ قبر پر کسی سانپ کے رینگنے کا نشان تھا۔ اس کو پوشالی کا خیال آ گیا کہ کہیں وہ یہاں سے سانپ بن کر تو نہیں گزری؟ شہزاد نے پوشالی کو آواز دی۔ کسی نے

جواب نہ دیا۔ وہ قبرستان کے پیچھے آگیا، یہاں اونچی دیوار تھی۔ کسی طرف سے باہر جانے کا کوئی راستہ نہ تھا۔ شہزاد ایک قبر کے پاس بیٹھ کر سوچنے لگا کہ پوشالی کہاں غائب ہوگئی ہے۔ اس کا دل برابر کلمہ شریف کا ورد کر رہا تھا جس کی وجہ سے اس پر جادوگر کے طلسم کا جو وہاں پھیلا ہوا تھا اثر نہیں ہو رہا تھا۔

مردوں کی بستی میں آدھی رات ہوگئی تو قبرستان میں ایک عجیب سی ڈراؤنی آواز بلند ہوئی۔ شہزاد جلدی سے ایک قبر کے پیچھے چھپ گیا۔ آواز کے ساتھ ہی قبروں میں سے مردے باہر نکل آئے۔ انھوں نے کفن پہن رکھے تھے۔ وہ ہاتھ سینے پر باندھے ایک طرف یوں چلنے لگے جیسے ان پر کسی نے جادو کر رکھا ہو۔ شہزاد بھی ان کے پیچھے پیچھے چل پڑا۔ ایک جگہ سے دیوار کھل گئی۔ مردے اس میں داخل ہوگئے۔ سامنے ایک بہت بڑا دالان تھا۔ دو سیاہ ستونوں کے درمیان تخت بچھا تھا جس پر سامری کا جادوگر ہاتھ میں تلوار لیے بیٹھا تھا۔ شہزاد ایک ستون کی اوٹ میں ہوگیا۔ مردوں نے جادوگر کو جھک کر سلام کیا اور اس کے گرد رقص کرنے لگے۔ جادوگر نے کہا:

"تم میرے غلام ہو۔ جاؤ اب اپنی اپنی قبروں میں جا کر لیٹ جاؤ۔ کل آدھی رات کو تمھیں پھر آنا ہے۔"

مردوں نے ایک بار پھر باری باری جھک کر سلام کیا اور سینوں پر ہاتھ باندھے دائیں بائیں سروں کو ہلاتے، قبرستان کی طرف چل دیے۔ شہزاد نے جادوگر کے گلے میں سانچی کا تعویذ دیکھ لیا تھا۔ وہ وہیں ستون کے پیچھے چھپا رہا۔ جادوگر وہیں تخت پر سو گیا۔ جب اس کے خراٹوں کی آواز آنے لگی تو

شہزاد ستون کی اوٹ سے نکلا اور دبے پانو چلتا جادوگر کی طرف بڑھا۔ وہ بڑی احتیاط سے قدم اٹھا رہا تھا۔

جادوگر گہری نیند سو رہا تھا۔ شہزاد کو اس کے بے حقیقت طلسم کا ذرا بھی ڈر نہیں تھا۔ اسے یقین تھا کہ اگر انسان کا ایمان سلامت ہو اور اللہ پر اس کا پختہ یقین ہو تو طلسم پاش پاش ہو جاتا ہے۔ شہزاد نے اللہ کا نام لے کر ہاتھ آگے بڑھایا اور جادوگر کے گلے سے سانچی کا تعویذ نوچ لیا۔ جونہی تعویذ جادوگر کے جسم سے الگ ہوا اس نے ایک بھیانک چیخ ماری اور اس کا بدن آگ کا شعلہ بن گیا۔ جادوگر چیختا چلاتا فرش پر اچھلتا شور مچاتا غائب ہو گیا۔

شہزاد نے تعویذ اپنے گلے میں پہن لیا اور قبرستان میں آگیا۔ کیا دیکھتا ہے کہ سارے مردے قبروں سے نکل کر ایک جگہ کھڑے ہیں۔ شہزاد کو دیکھتے ہی انھوں نے زندہ باد کے نعرے لگائے اور شہزاد کو بتایا ہم مردہ لوگ نہیں ہیں بلکہ زندہ انسان ہیں۔ جادوگر نے جادو کے زور پر ہمیں ان قبروں میں ڈال رکھا تھا۔ شہزاد نے کہا "اگر تم مسلمان ہو جاؤ تو تم پر بھی جادو اثر نہیں کرے گا۔ پھر تم اللہ کی حفاظت میں آجاؤ گے۔"

اس پر ان سب لوگوں نے شہزاد کے ساتھ کلمہ شریف پڑھا اور مسلمان ہو گئے۔ تب ایک قبر میں سے پوشالی بھی نکل کر باہر آگئی۔ شہزاد نے پوشالی کو دیکھا تو خوش ہو کر بولا:

"پوشالی بہن! اللہ کا شکر ہے کہ تم مل گئیں۔"

پوشالی نے سانچی کا تعویذ دیکھ لیا تھا وہ کہنے لگی:

"شہزاد! تم بڑے بہادر لڑکے ہو۔ تم نے اپنے ایمان کی طاقت سے

جادوگر کو ہمیشہ کے لیے ختم کردیا۔"

پھر وہ قبروں کے مردوں کی طرف تکنے لگی۔ شہزاد نے کہا "یہ سب لوگ زندہ ہیں۔ انھیں جادوگر نے مردہ بنا کر قبروں میں ڈال رکھا تھا۔ اب یہ سب مسلمان ہوگئے ہیں۔" سب لوگوں نے ایک بار پھر بلند آواز میں کلمہ شریف پڑھا اور شہزاد کا شکریہ ادا کرتے ہوئے وہاں سے چلے گئے۔ پوشالی اور شہزاد بھی سرنگ میں سے نکل کر ادھر آگئے۔ شہزاد کہنے لگا:

"پوشالی بہن! اب ہمیں سانچی کو تلاش کرنا ہے۔ اس کے بغیر میں اپنے گھر واپس نہیں جاسکتا۔"

پوشالی نے کہا "ابھی واپس اصفہان شہر والی سرائے میں چلتے ہیں۔ ہوسکتا ہے سانچی وہاں پر ہمارا انتظار کررہا ہو۔" یہ کہہ کر شہزاد نے اپنے تعویذ پر ہاتھ رکھا اور سانچی کو تین بار آواز دی۔ مگر سانچی نہ آیا۔ تب وہ بھی اصفہان چلنے پر راضی ہوگیا۔ وہاں سے دونوں بہن بھائی کلدان کے شہر پہنچے وہاں سے ایک قافلے میں شامل ہوکر اصفہان کی طرف روانہ ہوگئے۔ واپسی کا سفر بھی کئی دنوں میں طے ہوا۔ اصفہان پہنچ کر وہ سرائے میں آگئے۔ یہاں بھی سانچی نہیں تھا۔ انھوں نے یہی نتیجہ نکالا کہ سانچی ضرور کسی بڑی مصیبت میں پھنس گیا ہے۔ پوشالی نے کہا:

"تم فکر نہ کرو شہزاد! ہوسکتا ہے سانچی ایک دو دن میں یہاں آجائے۔ ہم اس کا انتظار کرتے ہیں۔" شہزاد چپ ہوگیا۔ وہ کیا کہہ سکتا تھا۔ اگلے دن وہ ابن سینا کی خدمت میں حاضر ہوا۔ ابن سینا اس وقت درس ختم کرچکے تھے۔ انھوں نے شہزاد کو دیکھا تو پوچھا "عزیزم! تم کہاں چلے گئے

تھے؟" شہزاد نے کہا "استاد محترم! میں اپنے وطن گیا ہوا تھا۔" شیخ ابن سینا شہزاد کے چہرے کو غور سے دیکھ رہے تھے۔ فرمایا:

"تم مجھ سے کچھ چھپا رہے ہو بیٹا۔ تمہارا چہرہ بتا رہا ہے کہ تم اپنے وطن نہیں گئے تھے۔ تم کچھ پریشان بھی ہو۔"

شہزاد کچھ چونکا۔ شیخ ابن سینا غضب کے قیافہ شناس بھی تھے۔ وہ کچھ کہنے ہی والا تھا کہ شیخ ابن سینا نے شہزاد کا ہاتھ پکڑا اور اسے اپنے کمرے میں لے آئے۔ اسے چوکی پر بٹھایا۔ خود سامنے مسند پر بیٹھ گئے اور شہزاد کے چہرے پر نظریں جماتے ہوئے پھر کہا:

"میرے بچے! مجھے تم اس زمانے کے لڑکے معلوم نہیں ہوتے۔ کیا تم مجھے سچ نہیں بتاؤ گے کہ تم کون ہو اور کہاں سے آئے ہو؟"

اب تو شہزاد گھبرایا۔ وہ اپنا راز نہیں کھولنا چاہتا تھا مگر استاد محترم نے بڑی شفقت کے ساتھ اوپر تلے دو تین بار پوچھا تو شہزاد نے اپنے ماضی کے سفر کا سارا راز کھول کر بیان کردیا۔ پہلے تو شیخ ابن سینا کو یقین نہ آیا مگر جب شہزاد نے کہا کہ یا شیخ ہم نے آپ کی شخصیت کا ذکر کتابوں میں پڑھا ہے اور اس وقت ہمارے ماڈرن زمانے میں آپ کی کتابوں کے انگریزی ترجمے امریکا یورپ کی یونی ورسٹیوں میں پڑھائے جارہے ہیں تو ابن سینا شہزاد کا منہ تکنے لگے۔ شہزاد نے کہا:

"یا شیخ! ہماری کتابوں میں لکھا ہے کہ آپ کا انتقال ہمدان شہر میں ہوا اور وہیں آپ کا مقبرہ تعمیر کیا گیا۔ زمانہ آپ کی قابلیت اور علمیت کا لوہا مان رہا ہے اور مسلمان اطبا آپ پر فخر کرتے ہیں اور سارا یورپ آپ کے کارناموں سے

خفیہ خزانے کا راز

فائدہ حاصل کر چکا ہے۔"

شیخ ابن سینا نے پوچھا: "تمھارے پاس کیا ثبوت ہے کہ تم نو سو برس آگے کے زمانے یعنی پندرھویں صدی ہجری کے زمانے سے آئے ہو؟"

شہزاد نے ادب سے عرض کی: "یا شیخ! اس کا میرے پاس صرف ایک ہی ثبوت اس وقت ہے کہ میں آپ کو بھی اس زمانے میں لے جانے کی کوشش کر سکتا ہوں۔" اب شیخ ابن سینا ذرا چونکے۔ انھوں نے مسکرا کر کہا "وہاں جا کر میں کیا کروں گا؟" شہزاد نے کہا "وہاں آپ اپنی آنکھوں سے اپنی کتابوں کے ترجمے دیکھ سکیں گے۔" شیخ ابن سینا نے فرمایا "خیر یہ تو تمھارے تخیل کی باتیں ہیں۔ لیکن یہ بتاؤ کہ کیا تمھارے زمانے میں کوئی اعلا پائے کا طبیب بھی ہے؟" شہزاد نے فوراً جواب دیا:

"کیوں نہیں یا شیخ! ہمارے دور میں طب کی ایک برگزیدہ اور قابل شخصیت موجود ہے جن کا نام حکیم محمد سعید ہے۔ طب میں ان کے کارنامے اور خدمات بے شمار ہیں۔ ایک زمانہ ان کی قابلیت اور علمیت کا قائل ہے۔

حکیم محمد سعید صاحب ایک جواں ہمت، عالی ظرف، خوش وضع باعمل اور طب کے میدان کی ایک نہایت قابل شخصیت ہیں۔ انھوں نے اور ان کے خاندان نے طب مشرق اور آپ کی طبی روایات کو آگے ہی نہیں بڑھایا ہے بلکہ اس میں مزید تحقیق و ترقی بھی کی ہے اور محترم شیخ! جو پودا آپ نے لگایا تھا اس کی آبیاری کر کے اس کا نشوونما کیا ہے۔ وہ بلاشبہ ایک لائق طبیب اور محقق ہیں۔ طب مشرق کی تحقیق پر ان کی خدمات عظیم ہیں۔ انھوں نے طب مشرق کو زندہ رکھنے کی شدید جدوجہد میں مطب کو بڑی اہمیت

دی ہے۔ ایک اندازے کے مطابق اب تک چالیس لاکھ مریضوں کے درد کو اپنے کانوں سے سن چکے ہیں۔ وہ صبح نماز فجر کے بعد مطب کا آغاز کرتے ہیں اور سہ پہر میں اختتام مطب تک مریضوں کے درد کا درماں کرتے ہیں۔ یہ بے لوث خدمت ہے۔ وہ کسی مریض سے فیس نہیں لیتے۔ اکثر غریب مریضوں کو دوائیں بھی مفت فراہم کی جاتی ہیں۔ پاکستان میں ان کا قائم کردہ ہمدرد دواخانہ طب مشرقی و اسلامی کی دواسازی کی صنعت میں انفرادی مقام رکھتا ہے۔ یہ زبردست ادارہ محترم حکیم محمد سعید صاحب کی ذاتی ملکیت تھا جسے انھوں نے وقف کردیا اور اب اس کا مالک اللہ ہے۔ انھوں نے طب مشرقی کے فروغ کے لیے ایک اعلا طبی درس گاہ بھی قائم کی ہے۔

وہ پاکستان میں مدینتہ الحکمت تعمیر کررہے ہیں اور وہاں انھوں نے ایک بیت الحکمت قائم کیا ہے۔ یہ ایک بڑا کتب خانہ ہے اور تحقیق کا مرکز بھی۔ انھوں نے پاکستان میں ہمدرد فاؤنڈیشن پاکستان کے نام سے ایک ادارہ قائم کیا ہے۔ یہ ملک کا وہ ممتاز ادارہ ہے جو تاریخی، تعلیمی، سائنسی اور ثقافتی علوم کی ترویج و اشاعت کے لیے گزشتہ ۴۶ سال سے خلوص اور لگن کے ساتھ مسلسل کام کررہا ہے۔

ہمدرد پاکستان نے اب تک قومی و بین الاقوامی سطح کے کئی اہم مذاکروں کا اہتمام کیا ہے۔ کئی نامور مشاہیر کے ساتھ شامیں منائی ہیں اور کئی اہم موضوعات پر اہل دانش کو دعوت غوروفکر دے کر مثبت راہ کے لیے راستہ ہموار کیا ہے۔ ان اہم مذاکروں میں ایک اہم مذاکرہ بہ عنوان "جشن ہزار سالہ ابن الہیثم" بھی منعقد کیا گیا تھا۔ اس مذاکرے میں ابن الہیثم کی علمی

خدمات پر سیر حاصل مقالے پڑھے گئے تھے۔ بعد میں ان مقالوں کو ہمدرد نے شائع کیا۔ مقالوں میں سائنسی اشکال سے بھی مدد لی گئی ہے۔"

واقعی جناب حکیم محمد سعید نے جشن ہزار سالہ ابن الہیثم کا اہتمام کرکے اور مقالات کو شائع کرکے بڑا کام کیا ہے۔ اس سے طبیعات کے طالب علم اپنے بزرگ مسلمان سائنس داں ابن الہیثم اور ان کے علمی کام کو ہمیشہ یاد رکھیں گے۔"

شیخ ابن سینا:"ماشاء اللہ' بہت خوب۔ مجھے یہ جان کر خوشی ہوئی کہ ہماری روایات کو زندہ رکھنے والے تمہارے دور میں بھی ہیں۔

شہزاد اپنے دور کی ایک ایسی شخصیت کا جو طب اسلامی کو اس کا صحیح مقام دلانے کی جدوجہد کر رہا ہے اور طرح طرح سے علم اور ادب کی خدمت کر رہا ہے' جس احترام سے ذکر کر رہا تھا شیخ ابن سینا اس سے متاثر ہوئے بغیر نہ رہ سکے۔ جب شہزاد خاموش ہوا تو وہ بولے:

"مجھے بڑی خوشی ہے کہ حکیم محمد سعید اتنے اچھے کام کر رہے ہیں۔ بیت الحکمت قائم کرنا اور علم کا شہر بسانا بہت بڑا کام ہے اور جو شخص یہ کام کر رہا ہے وہ تعریف کا مستحق ہے۔ اچھا اب تم جاؤ۔"

شہزاد شیخ ابن سینا سے رخصت ہو کر سرائے میں آگیا۔ جب آدھی رات گزر گئی تو پوشالی اور شہزاد ایک قالین پر بیٹھ گئے۔ پوشالی نے شہزاد کا ہاتھ اپنے ہاتھ میں لے لیا۔ شہزاد نے آنکھیں بند کر لیں اور پھر اپنے حلق سے ایک عجیب پراسرار آواز نکالی۔ اس کے ساتھ ہی اندھیرا چھا گیا۔ تیز آندھی سی چلنے لگی اور ان دونوں کے جسم غائب ہو گئے۔

(ختم شد)